D1624528

Oskar ist erst zehn, aber er weiß, dass er sterben wird. »Eierkopf« nennen ihn die anderen Kinder im Krankenhaus. Doch das ist nur ein Spitzname und tut nicht weiter weh. Schlimmer ist, dass seine Eltern Angst haben, mit ihm über die Wahrheit zu reden. Weder Chemotherapie noch Knochenmarkstransplantation können sein Leben retten. Nur die ehemalige Catcherin Oma Rosa hat den Mut, zusammen mit Oskar über seine Fragen nachzudenken. Sie rät ihm, jeden Tag einen Brief zu schreiben – an den lieben Gott – und ihm alles zu sagen, was ihn bewegt. Oskar, der nicht mal an den Weihnachtsmann geglaubt hat, findet die Idee nicht wirklich prima. Doch die pragmatische Oma Rosa entgegnet ihm: »Sorg dafür, dass es ihn gibt. Du würdest dich weniger einsam fühlen.« Und sie bringt ihn dazu, sich jeden noch verbleibenden Tag wie zehn Jahre seines Lebens vorzustellen. Auf wundersame Weise durchlebt Oskar ein ganzes Menschenleben: erste Liebe, Eifersucht, Midlife-crisis und das Alter. Glücklich, erschöpft und manchmal auch enttäuscht erzählt er dem lieben Gott davon. Bis zu jenem Augenblick, in dem er zu müde ist, um noch ein wenig älter zu werden.

Eric-Emmanuel Schmitt begegnet der schlimmsten Vorstellung – Krankheit und Tod eines Kindes – ohne Sentimentalität. Ein unerschrockenes Buch, das Mut macht, eine solche Situation anzunehmen.

Eric-Emmanuel Schmitt, 1960 in St.-Foy-les Lyons geboren, ließ sich als Pianist in Lyon ausbilden und studierte Philosophie in Paris. Als Romancier, Dramatiker und Autor für Film und Fernsehen lebt er heute in Brüssel. In Frankreich gehört er zu den bedeutendsten Theaterautoren seiner Generation und hat auch international Erfolg. Für ›Monsieur Ibrahim und die Blumen des Koran‹ (*Fischer Taschenbuch* Bd. 16117) wurde er mit dem Deutschen Bücherpreis 2004 in der Kategorie »Publikumsliebling des Jahres« ausgezeichnet. Und ebenfalls im Jahr 2004 mit dem Quadriga-Preis. Im *Fischer Taschenbuch Verlag*: ›Das Kind von Noah‹ (Bd. 16959), ›Die Schule der Egoisten‹ (Bd. 16960) und ›Das Evangelium nach Pilatus‹ (Bd. 17400). Zuletzt erschien in deutscher Übersetzung: ›Odette Toulemonde und andere Geschichten‹.

Unsere Adresse im Internet: www.fischerverlage.de

Eric-Emmanuel Schmitt

Oskar
und die Dame
in Rosa

Erzählung

Aus dem Französischen
von Annette und Paul Bäcker

Fischer Taschenbuch Verlag

3. Auflage: Januar 2008

Veröffentlicht im Fischer Taschenbuch Verlag,
einem Unternehmen der S. Fischer Verlag GmbH,
Frankfurt am Main, September 2005

Lizenzausgabe mit freundlicher Genehmigung
des Ammann Verlags & Co., Zürich
Die Originalausgabe erschien
unter dem Titel
›Oscar et la dame rose‹
in der Éditions Albin Michel, Paris
© Albin Michel, S. A., Paris 2002
Deutsche Ausgabe:
© Ammann Verlag & Co., Zürich 2003
Die deutschsprachigen Aufführungsrechte liegen beim
Theater-Verlag Desch GmbH, München
Satz: Gaby Michel, Hamburg
Druck und Bindung: Clausen & Bosse, Leck
Printed in Germany
ISBN 978-3-596-16131-7

Für Danielle Darrieux

Lieber Gott,

ich heiße Oskar, ich bin zehn Jahre alt, und ich habe die Katze, den Hund und das Haus angezündet (ich glaube, ich habe sogar die Goldfische gegrillt), und das ist der erste Brief, den ich Dir schicke, weil ich bis jetzt wegen der Schule nicht dazu gekommen bin.

Ich sag's Dir lieber gleich: Ich hasse das Schreiben. Muß mich wirklich dazu zwingen. Weil schreiben wie Lametta ist, Firlefanz, Schmus, Kokolores und so weiter. Schreiben ist nichts anderes als Schwindeln mit Schnör-keln drum herum. Erwachsenenkram.

Der Beweis? Na, nimm den Anfang von meinem Brief: »Ich heiße Oskar, ich bin zehn Jahre alt, und ich habe die Katze, den Hund und das Haus angezündet (ich glaube, ich habe sogar die Goldfische gegrillt), und das ist der erste Brief, den ich Dir schicke, weil ich bis jetzt wegen der Schule nicht dazu

9

gekommen bin.« Na ja, genausogut hätte ich schreiben können: »Man nennt mich Eierkopf, ich sehe aus wie sieben, ich bin im Kranken- haus wegen meinem Krebs, und ich habe noch nie mit Dir geredet, weil ich nämlich nicht daran glaube, daß es Dich gibt.«

Bloß, wenn ich so was schreibe, reiße ich mich nur selber rein, dann wirst Du Dich wohl kaum für mich interessieren. Wo ich doch Dein Interesse nötig habe.

Es wäre mir sogar sehr daran gelegen, wenn Du Zeit hättest, mir zwei oder drei Gefallen zu tun.

Ich erklär's Dir.

Das Krankenhaus hier ist echt toll, mit massenhaft lustigen und gutgelaunten Er- wachsenen, die laut herumquasseln, voll mit Spielzeug und Damen in rosa Kitteln, die mit den Kindern spielen wollen, mit Kumpels, die immer Zeit haben, so wie Bacon, Einstein oder Popcorn, kurz, das Krankenhaus ist spitze, wenn man ein Kranker ist, der Freude macht.

Ich, ich mach keine Freude mehr. Seit meiner Knochenmarktransplantation merke ich, daß ich keine Freude mehr mache. Wenn mich Doktor Düsseldorf morgens untersucht, tut er es nicht mehr mit ganzem Herzen, ich enttäusche ihn. Er schaut mich ohne was zu sagen an, als ob ich einen Fehler gemacht hätte. Obwohl ich mir bei der Operation jede Menge Mühe gegeben habe. Ich bin super artig gewesen, ich habe die Betäubung über mich ergehen lassen, ich habe, ohne zu mucksen, die Schmerzen ertragen, ich habe alle Medikamente genommen. An manchen Tagen habe ich Lust, ihn anzubrüllen, ihm zu sagen, daß vielleicht er, der Doktor Düsseldorf mit seinen schwarzen Augenbrauen, die Operation vermasselt hat. Aber er sieht so unglücklich aus, daß mir die Schimpferei im Hals steckenbleibt. Und je mehr Doktor Düsseldorf mit traurigen Augen schweigt, desto mehr fühle ich mich schuldig. Ich habe verstanden, daß ich ein schlechter Kranker bin, ein Kranker, der einem den Glauben daran nimmt, daß die Medizin etwas ganz Tolles ist.

Die Gedanken eines Arztes sind anstekkend. Inzwischen schaut mich das ganze Stockwerk, die Krankenschwestern, die Assistenzärzte und die Putzfrauen so an. Sie sind traurig, wenn ich gute Laune habe; sie zwingen sich zum Lachen, wenn ich einen Witz loslasse. Wirklich wahr, so wie früher lacht keiner mehr mit mir.

Bloß Oma Rosa hat sich nicht verändert. Meiner Meinung nach ist sie auch viel zu alt, um sich noch zu ändern. Und viel zu sehr Oma Rosa. Oma Rosa muß ich Dir nicht vorstellen, Gott, sie ist ja eine gute Freundin von Dir. Sie war es auch, die mir geraten hat, Dir zu schreiben. Das Problem ist, daß nur ich sie Oma Rosa nenne. Also mußt Du Dich schon ein bißchen anstrengen, um rauszukriegen, wen ich meine: Von all den Damen in den rosa Kitteln, die von draußen kommen, um ihre Zeit mit uns kranken Kindern zu verbringen, ist sie die älteste.

»Wie alt sind Sie, Oma Rosa?«

»Kannst du denn eine dreizehnstellige Zahl behalten, mein lieber Oskar?«

»Oh! Sie machen Witze!«

»Nein. Man darf hier auf keinen Fall wissen, wie alt ich bin, denn sonst schmeißen sie mich raus, und wir können uns nicht mehr sehen.«

»Warum?«

»Ich habe mich reingeschmuggelt. Es gibt für rosa Damen eine Altersgrenze. Und die habe ich längst überschritten.«

»Sind Sie über dem Verfallsdatum?«

»Ja.«

»So wie ein Joghurt?«

»Pst!«

»Okay. Ich verrat's nicht.«

Das war verdammt mutig von ihr, mir ihr Geheimnis anzuvertrauen. Aber sie hat den Richtigen erwischt. Ich werde schweigen wie ein Grab, obwohl ich es merkwürdig finde, daß ihr bei ihren vielen Falten – wie Sonnenstrahlen um die Augen rum – noch niemand auf die Schliche gekommen ist.

Ein andermal habe ich noch eins ihrer Geheimnisse erfahren, und daran, lieber Gott, wirst Du sie ganz bestimmt erkennen.

Wir haben einen Spaziergang im Krankenhausgarten gemacht, und da ist sie in einen Hundehaufen reingetreten.

»Scheiße!«

»Aber, Oma Rosa, so was sagt man nicht.«

»Halt die Klappe, Junge, ich rede, wie mir der Schnabel gewachsen ist.«

»Oma Rosa!«

»Und beweg deinen Hintern. Das hier ist ein Spaziergang und kein Schneckenrennen.«

Nachdem wir uns auf eine Bank gesetzt hatten, um ein Bonbon zu lutschen, habe ich sie gefragt:

»Wie kommt es, daß Sie solche Ausdrücke kennen?«

»Berufskrankheit, Oskar. In meinem Beruf wäre ich aufgeschmissen gewesen, wenn ich ein zu feines Vokabular benutzt hätte.«

»Und was war Ihr Beruf?«

»Das wirst du mir nie glauben...«

»Ich schwör Ihnen, ich werd's Ihnen glauben.«

»Catcherin.«

»Das glaub ich nicht!«

»Catcherin. Man nannte mich Die Würgerin des Languedoc.«

Seitdem erzählt mir Oma Rosa immer dann, wenn mir jämmerlich zumute ist und wir sicher sein können, daß uns niemand hört, von ihren großen Turnieren: Die Würgerin des Languedoc gegen Die Schlächterin aus Limousin, von ihrem zwanzig Jahre währenden Kampf gegen Diabolica Sinclair, eine Holländerin, die anstelle von Brüsten Granaten hatte, und vor allem von dem Kampf um die Weltmeisterschaft gegen Ulla-Ulla, genannt Der schwedische Eisberg, die kein einziges Mal besiegt worden war, nicht einmal von Stahlschenkel, dem großen Vorbild von Oma Rosa in ihrer Catcherinnenzeit. Die bringen mich zum Träumen, ihre Kämpfe, weil ich mir meine Freundin, so wie sie jetzt ist, eine kleine alte Frau in rosa Kittel, etwas wackelig auf den Beinen, im Ring vorstelle, wie sie Riesinnen in Badeanzügen vermöbelt. Ich habe dann das Gefühl, daß ich das bin. Ich bin der Größte. Und ich räche mich.

Gut, wenn Du trotz all dieser Hinweise

über Oma Rosa oder Die Würgerin des Languedoc noch immer nicht dahintergekommen bist, wer Oma Rosa ist, lieber Gott, dann mußt Du damit aufhören, der liebe Gott zu sein, und in Rente gehen. Ich hoffe, ich habe mich klar genug ausgedrückt?

Zurück zu meinen Angelegenheiten.

Offen gesagt, meine Transplantation hat hier sehr enttäuscht. Meine Chemo hatte auch enttäuscht, was aber nicht so schlimm war, weil man auf die Transplantation hoffte. Jetzt habe ich den Eindruck, daß den Medizinmännern auch nichts mehr einfällt, sie können einem leid tun. Doktor Düsseldorf, den Mama so schön findet, während ich finde, daß er zu buschige Augenbrauen hat, macht ein ganz trauriges Gesicht, wie ein Weihnachtsmann, der keine Geschenke mehr im Sack hat.

Die Stimmung wird immer schlechter. Ich habe mit meinem Kumpel Bacon darüber gesprochen. Eigentlich heißt er nicht Bacon, sondern Yves, aber wir haben ihn Bacon getauft, weil das viel besser zu ihm paßt, wegen seiner riesigen Brandwunden.

»Bacon, ich habe den Eindruck, daß die Ärzte mich nicht mehr mögen, ich nehme ihnen jeden Mut.«

»Was redest du da, Eierkopf. Ärzte geben nie auf. Denen fallen immer neue Operationen ein. Ich hab sie mal zusammengezählt, mir haben sie mindestens sechs versprochen.«

»Vielleicht inspirierst du sie?«

»Sieht so aus.«

»Aber warum sagen sie mir nicht ganz einfach, daß ich sterben werde?«

Da machte Bacon das, was jeder im Krankenhaus tut: Er stellte sich taub. Wenn man im Krankenhaus »sterben« sagt, hört keiner zu. Man kann drauf wetten, alle schnappen sie nach Luft und wechseln das Thema. Den Test habe ich mit vielen gemacht. Nur mit Oma Rosa noch nicht.

Aber heute früh wollte ich mal sehen, ob auch sie ihre Ohren da auf Durchzug stellt.

»Oma Rosa, ich hab das Gefühl, daß niemand mir sagen will, daß ich sterben muß.«

Sie schaut mich an. Wird sie das Gleiche tun wie alle anderen? Bitte, Würgerin des

Languedoc, werd bloß nicht weich und klapp
die Ohren zu.

»Warum willst du, daß man es dir sagt,
Oskar, wo du es doch weißt!«

Uff, sie hat zugehört.

»Ich habe den Eindruck, Oma Rosa, daß
man mit Krankenhaus was ganz anderes
meint, als was es in Wirklichkeit ist. Man tut
immer so, als käme man nur in ein Krankenhaus, um gesund zu werden. Dabei kommt
man auch rein, um zu sterben.«

»Da hast du recht, Oskar. Und ich glaube,
daß wir beim Leben den gleichen Fehler machen. Wir vergessen, daß das Leben zerbrech-
lich ist, verletzlich und vergänglich, und tun
so, als wären wir unsterblich.«

»Meine Operation ist schiefgegangen, was,
Oma Rosa?«

Oma Rosa antwortete nicht. Das war ihre
Art, ja zu sagen. Als sie sicher war, daß ich
verstanden hatte, kam sie näher und bat mich
flehend:

»Ich hab dir aber nichts gesagt, klar?
Schwörst du es mir?«

»Schon geschworen.«

Einen Augenblick lang schwiegen wir, um uns die vielen neuen Gedanken durch den Kopf gehen zu lassen.

»Und wenn du an den lieben Gott schrei‑ ben würdest, Oskar?«

»O nein, nicht Sie, Oma Rosa!«

»Was, nicht ich?«

»Nicht Sie! Ich dachte, Sie würden nicht schwindeln.«

»Aber ich schwindle nicht.«

»Warum reden Sie dann vom lieben Gott? Man hat mich schon mal reingelegt, mit dem Weihnachtsmann. Einmal reicht mir völlig!«

»Oskar, der liebe Gott und der Weihnachts‑ mann haben nichts miteinander zu tun.«

»Doch. Ist doch alles das Gleiche. Lügen‑ geschichten und so.«

»Meinst du, daß ich, eine ehemalige Cat‑ cherin, die von hundertfünfundsechzig Kämp‑ fen hundertsechzig gewonnen hat, davon drei‑ undvierzig durch K. o., daß Die Würgerin des Languedoc auch nur eine einzige Sekunde lang an den Weihnachtsmann glauben würde?«

»Nein.«

»Na also, ich glaube nicht an den Weih⸗
nachtsmann, aber ich glaube an Gott. Bitte
schön.«

Ja klar, so gesehen war das etwas anderes.

»Und warum soll ich an den lieben Gott
schreiben?«

»Du würdest dich nicht so einsam füh⸗
len.«

»Nicht so einsam wegen jemandem, den es
gar nicht gibt?«

»Dann sorg dafür, daß es ihn gibt.«

Sie beugte sich zu mir rüber.

»Jedesmal, wenn du an ihn glaubst, wird es
ihn ein bißchen mehr geben. Und wenn du
dranbleibst, wird er ganz und gar für dich da⸗
sein. Und er wird dir Gutes tun.«

»Was soll ich ihm denn schreiben?«

»Vertrau ihm deine Gedanken an. Gedan⸗
ken, die man nicht ausspricht, machen schwer.
Das sind Gedanken, die sich festhaken, dich
belasten und dich erstarren lassen, Gedanken,
die den Platz wegnehmen für neue Ideen und
in dir verfaulen. Du wirst zu einer Müllhalde

voller alter Gedanken, die zu stinken anfan‍gen, wenn du sie nicht aussprichst.«

»Verstehe.«

»Und außerdem kannst du Gott jeden Tag um etwas bitten. Aber Achtung! Nur einmal am Tag.«

»Oma Rosa, Ihr lieber Gott ist eine Null. Aladin hatte mit seinem Geist aus der Lampe drei Wünsche frei.«

»Ein Wunsch pro Tag ist doch besser als drei im ganzen Leben, oder?«

»Na gut. Dann kann ich also alles bei ihm bestellen? Spielzeug, Bonbons, ein Au‍to...«

»Nein, Oskar. Gott ist nicht der Weih‍nachtsmann. Du kannst ihn nur um geistige Sachen bitten.«

»Zum Beispiel?«

»Zum Beispiel um Mut, Geduld, Erklä‍rungen.«

»Okay. Kapiert.«

»Und, Oskar, du kannst auch für andere um etwas bitten.«

»Bei bloß einem Wunsch am Tag, Oma

Rosa, da wär ich doch blöd, der gehört erst mal mir!«

So, lieber Gott. Nun habe ich Dir in meinem ersten Brief ein wenig von meinem Leben hier im Krankenhaus erzählt, wo man mich inzwischen für einen medizinischen Bremsklotz hält, und ich möchte Dich um eine Erklärung bitten: Werde ich wieder gesund? Antworte mit Ja oder Nein. Ist doch nicht zu schwer. Ja oder Nein. Streich einfach die falsche Antwort durch.

Bis morgen, Küßchen,
Oskar

P. S.: Ich habe keine Adresse von Dir. Was soll ich machen?

Lieber Gott,

bravo, Du bist ein As! Noch ehe ich den Brief einwerfen konnte, hast Du mir schon geantwortet. Wie machst du das?

Heute früh, ich habe gerade mit Einstein eine Partie Schach im Aufenthaltsraum gespielt, ist plötzlich Popcorn reingeplatzt, um mich zu warnen.

»Deine Eltern sind da.«

»Meine Eltern? Unmöglich. Die kommen nur sonntags.«

»Ich hab das Auto gesehen, ein roter Geländewagen mit weißem Verdeck.«

»Unmöglich.«

Ich habe mit den Schultern gezuckt und mit Einstein weitergespielt. Aber da ich nicht mehr ganz bei der Sache war, hat mir Einstein alle meine Figuren gemopst, und das hat mich erst recht genervt. Einstein heißt er übrigens nicht etwa, weil er intelligenter wäre als die anderen, sondern weil sein Kopf doppelt so groß ist. Anscheinend hat er Wasser drin. Schade, denn wenn das alles Hirn wäre, könnte Einstein eine große Nummer werden.

Als ich merkte, daß ich verlieren würde, habe ich das Spiel abgebrochen und bin Popcorn auf sein Zimmer gefolgt, das zum Parkplatz rausgeht. Er hatte recht: Meine Eltern waren gekommen.

Ich muß Dir sagen, lieber Gott, daß wir sehr weit weg wohnen, meine Eltern und ich. Was mir nicht aufgefallen ist, solange ich dort gewohnt habe, aber jetzt, wo ich nicht mehr dort wohne, finde ich es wirklich ziemlich weit. Deshalb können mich meine Eltern auch nur einmal in der Woche besuchen kommen, am Sonntag, weil sie sonntags nicht arbeiten, und ich auch nicht.

»Siehst du, ich hatte recht«, sagte Popcorn. »Was krieg ich dafür, daß ich dich vorgewarnt habe?«

»Ich hab Schokolade mit Nüssen.«

»Keine Gummibärchen?«

»Nö.«

»Schoko ist okay.«

Natürlich ist es verboten, Popcorn was zu essen zu geben, da er zum Abnehmen hier ist. Achtundneunzig Kilo mit neun Jahren, ein Meter zehn hoch, ein Meter zehn breit! Das einzige Kleidungsstück, in das er ganz rein‚ paßt, ist so 'n Ami‚Polo‚Sweatshirt. Bloß daß bei ihm die Streifen aussehen, als wären sie seekrank. Ehrlich, weil keiner meiner Kum‚ pels – auch ich nicht – daran glaubt, daß er je aufhören wird, dick zu sein, und weil er uns wegen seines ewigen Hungers leid tut, kriegt er immer unsere Reste. Ist doch winzig, ein Stück Schokolade im Verhältnis zu dieser Masse von Fett! Wenn das falsch ist, dann sol‚ len auch die Krankenschwestern aufhören, ihn mit Zäpfchen vollzustopfen.

Ich bin in mein Zimmer zurück, um auf meine Eltern zu warten. Weil ich so außer Pu‚ ste war, habe ich anfangs gar nicht gemerkt, wie die Minuten vergangen sind, bis mir dann klar wurde, daß sie es in der Zeit mindestens fünf‚ zehn Mal geschafft hätten, zu mir zu kommen.

Plötzlich dämmerte mir, wo sie waren. Ich

habe mich auf den Korridor geschlichen und einen Moment abgepaßt, in dem mich keiner sehen konnte, bin die Treppe runter und dann im Halbdunkel bis vors Sprechzimmer von Doktor Düsseldorf marschiert.

Bingo! Sie waren drin. Durch die Tür habe ich ihre Stimmen gehört. Da ich mich beim Treppenrunterlaufen ganz verausgabt hatte, bin ich ein paar Sekunden stehengeblieben, damit sich mein Herz beruhigen konnte, bevor ich sie aufgemacht habe, und da ist es dann über mich hereingebrochen. Ich habe gehört, was ich nicht hören sollte. Meine Mutter hat geschluchzt, Doktor Düsseldorf wiederholte: »Wir haben alles versucht, glauben Sie mir, wir haben alles versucht.« Und mein Vater hat mit erstickter Stimme geantwortet: »Das weiß ich, Herr Doktor, das weiß ich.«

Ich stand da, mein Ohr klebte an der Eisentür. Ich weiß nicht, was kälter war, das Metall oder ich.

Dann fragte Doktor Düsseldorf:

»Wollen Sie ihn nicht in die Arme nehmen?«

»Dazu fehlt mir der Mut«, sagte meine Mutter.

»Er soll uns besser nicht in diesem Zustand sehen«, hat mein Vater hinzugefügt.

Und da habe ich verstanden, daß meine Eltern Feiglinge sind. Schlimmer: Zwei Feiglinge, die mich für einen Feigling halten!

Als dann im Sprechzimmer Stühle gerückt wurden, ist mir klargeworden, daß sie gehen wollten, und ich bin hinter der erstbesten Tür verschwunden, die da war.

Und so kam es, daß ich mich in einer Besenkammer wiedergefunden habe, wo ich den Rest des Vormittags verbringen mußte, denn, was Du vielleicht nicht weißt, lieber Gott: Besenkammern sind bloß von außen zu öffnen, nicht von innen, als ob man Angst haben müßte, daß die Besen, die Eimer und die Scheuerlappen nachts abhauen würden!

Wie auch immer, mir hat das nichts ausgemacht, so im Dunkeln eingesperrt zu sein, weil ich sowieso keine Lust mehr hatte, irgendwen zu sehen, und weil meine Arme und Beine mir nicht mehr richtig gehorcht haben

nach dem Schock über das, was ich gerade gehört hatte.

Gegen Mittag bekam ich mit, daß es ein
Stockwerk höher ziemlich unruhig wurde. Ich
hörte Schritte, Rennen. Dann fing man an,
überall meinen Namen zu rufen.

»Oskar! Oskar!«

Es tat mir gut, zu hören, daß man mich rief,
und keine Antwort zu geben. Ich hatte Lust,
die ganze Welt zu ärgern.

Danach bin ich wohl ein bißchen eingenickt, als nächstes habe ich die schlurfenden
Pantinen von Madame N'da, der Putzfrau, gehört. Sie hat die Tür aufgemacht, und da sind
wir beide mordsmäßig erschrocken, wir haben
laut aufgeschrien, sie, weil sie nicht erwartet
hatte, mich dort vorzufinden, ich, weil ich vergessen hatte, wie schwarz sie ist. Und wie laut
sie schreien kann.

Danach hat es ein fürchterliches Durchein-
ander gegeben. Alle sind sie angerannt gekommen, Doktor Düsseldorf, die Oberschwester,
die diensthabenden Krankenschwestern, die
anderen Putzfrauen. Ich war sicher, daß ich

nun einen Anschiß kriegen würde, aber Schiß schienen die zu haben, und da habe ich kapiert, daß ich die Situation schnell ausnutzen mußte.

»Ich will Oma Rosa sehen.«

»Aber wo warst du denn, Oskar? Wie fühlst du dich?«

»Ich will Oma Rosa sehen.«

»Wie bist du in diese Kammer geraten? Bist du jemandem gefolgt? Hast du was gehört?«

»Ich will Oma Rosa sehen.«

»Hier, trink ein Glas Wasser.«

»Nein. Ich will Oma Rosa sehen.«

»Iß einen Happen...«

»Nein. Ich will Oma Rosa sehen.«

Wie Granit. Ein Felsen. Eine Betonplatte. Nichts zu machen. Ich hörte nicht einmal hin, was sie zu mir sagten. Ich wollte Oma Rosa sehen.

Doktor Düsseldorf schien es im Kreise seiner Kollegen gar nicht zu behagen, keinerlei Autorität mehr über mich zu haben. Am Ende hat er nachgegeben.

»Holt diese Dame her!«

Erst dann habe ich eingewilligt, mich hin-
zulegen, und habe in meinem Zimmer ein
bißchen geschlafen.

Als ich aufgewacht bin, war Oma Rosa da.
Sie hat gelächelt.

»Bravo, Oskar, gut gemacht. Denen hast
du eine schallende Ohrfeige versetzt. Mit dem
Ergebnis, daß jetzt alle auf mich eifersüchtig
sind.«

»Ist uns doch wurscht.«

»Das sind nette Leute, Oskar. Sehr nette
Leute.«

»Ist mir wurscht.«

»Was ist denn passiert?«

»Doktor Düsseldorf hat meinen Eltern gesagt, daß ich sterben werde, und da sind sie
abgehauen. Ich hasse sie.«

Ich habe ihr alles haarklein erzählt, lieber
Gott, so wie jetzt Dir.

»Hhmm«, hat Oma Rosa gemacht, »das
erinnert mich an meinen Kampf in Béthune
gegen Sarah Flutschi-Flutsch, die Catcherin
mit dem eingeölten Körper. Die war wie ein

Aal im Ring. Eine Akrobatin, die fast nackt gekämpft hat und einem unter den Händen weggeglitscht ist, wenn man einen Griff ansetzen wollte. Die ist nur in Béthune aufgetreten, wo sie jedes Jahr den Cup gewonnen hat. Dabei war ich selbst so scharf auf den Cup von Béthune.«

»Was haben Sie gemacht, Oma Rosa?«

»Als sie in den Ring stieg, haben Freunde von mir Mehl über sie geworfen. Öl plus Mehl, das ergibt eine hübsche Kruste. Drei Kreuzgriffe und zwei Ausheber, und schon hatte ich sie auf der Matte, die Sarah Flutschi-Flutsch. Nach mir wurde sie nicht mehr der Aal im Ring genannt, sondern nur noch die panierte Flunder.«

»Entschuldigen Sie, Oma Rosa, aber ich verstehe den Zusammenhang nicht ganz.«

»Ich um so besser. Denn, Oskar, es gibt immer eine Lösung, irgendwo gibt es immer eine Tüte Mehl. Du solltest an Gott schreiben. Er hat viel mehr drauf als ich.«

»Auch im Catchen?«

»Ja. Auch im Catchen ist Gott ein Meister.

Versuch es, mein kleiner Oskar. Was ist das Allerschlimmste für dich?«

»Ich hasse meine Eltern.«

»Dann hasse sie auch richtig.«

»Das raten Sie mir, Oma Rosa?«

»Ja. Mit aller Kraft hassen. Ein Knochen, an dem du eine Menge zu knabbern hast. Und wenn du damit fertig bist, wirst du sehen, daß es die Mühe nicht wert war. Erzähl das alles dem lieben Gott und bitte ihn in deinem Brief, dich doch mal zu besuchen.«

»Er macht Besuche?«

»Auf seine Art. Nicht oft. Sogar eher selten.«

»Warum? Ist er etwa auch krank?«

Als Oma Rosa daraufhin tief seufzte, da habe ich verstanden, daß sie nicht zugeben wollte, daß es Dir, lieber Gott, auch nicht besonders gutgeht.

»Haben dir denn deine Eltern nie von Gott erzählt, Oskar?«

»Vergessen Sie's. Meine Eltern sind blöd.«

»Sicher. Aber haben sie dir nie von Gott erzählt?«

32

»Doch. Ein einziges Mal. Um zu sagen, daß sie nicht an ihn glauben. Die glauben bloß an den Weihnachtsmann.«

»Sind sie wirklich so blöd, mein lieber Oskar?«

»Sie können sich gar nicht vorstellen, wie blöd die sind! An dem Tag, als ich von der Schule nach Hause kam und ihnen gesagt habe, sie sollten mit dem Quatsch aufhören, wie alle meine Kumpels wüßte ich, daß es den Weihnachtsmann gar nicht gibt, da sind sie fast aus allen Wolken gefallen. Da ich ziemlich sauer war, auf dem Schulhof für einen kompletten Idioten gehalten zu werden, haben sie geschworen, mich nie mehr zu belügen und daß sie, großes Ehrenwort, immer an die Existenz des Weihnachtsmannes geglaubt hätten und daß sie nun sehr enttäuscht wären, wirklich sehr, sehr enttäuscht, erfahren zu müssen, daß das gar nicht stimmt! Ich sag's Ihnen, Oma Rosa, zwei völlig Bekloppte!«

»Sie glauben also nicht an Gott?«

»Nein.«

»Und das kam dir nicht merkwürdig vor?«

»Wenn ich mich damit beschäftigen würde, was Blöde denken, bliebe mir keine Zeit mehr für das, was intelligente Leute denken.«

»Da hast du recht. Aber wenn deine Eltern, wie du sagst, blöd sind...«

»Ja. Blöder als blöd, Oma Rosa!«

»Also, daß deine Eltern auf dem Holzweg sind und nicht an Gott glauben, muß doch dich nicht davon abhalten, an ihn zu glauben und ihn um einen Besuch zu bitten.«

»Einverstanden. Aber haben Sie mir nicht gesagt, daß er bettlägerig wäre?«

»Nein. Er hat eine ganz besondere Art, Besuche zu machen. Er besucht dich in Gedanken. In deinem Geist.«

Das gefiel mir. Das fand ich bärenstark. Oma Rosa fügte hinzu:

»Du wirst sehen: Seine Besuche tun sehr gut.«

»Okay, ich werde mit ihm darüber reden. Obwohl mir im Moment Ihre Besuche am meisten guttun.«

Oma Rosa hat gelächelt und sich fast schüchtern über mich gebeugt, um mir einen

Kuß auf die Wange zu geben. Sie hat sich aber nicht so richtig getraut. Ihre Augen haben um meine Erlaubnis gefragt.

»Na los. Geben Sie mir ruhig einen Kuß. Ich werd's den anderen nicht verraten. Ich werd doch eine ehemalige Catcherin nicht blamieren.«

Ihre Lippen berührten meine Wangen, und ich fand es schön, mir wurde ganz heiß, es kribbelte, es roch nach Puder und Seife.

»Wann kommen Sie wieder?«

»Ich darf nur zweimal in der Woche kommen.«

»Das ist nicht drin, Oma Rosa! Ich kann doch nicht drei Tage warten!«

»So ist die Vorschrift.«

»Wer macht die Vorschrift?«

»Doktor Düsseldorf.«

»Doktor Düsseldorf macht sich zur Zeit in die Hosen, wenn er mich sieht. Bitten Sie ihn um Erlaubnis, Oma Rosa. Und das ist kein Scherz.«

Sie schaute mich zögernd an.

»Das ist kein Scherz. Wenn Sie mich nicht

jeden Tag besuchen kommen, dann schreibe ich nicht an den lieben Gott.«

»Ich werde sehen, was ich tun kann.«

Oma Rosa ging, und ich fing an zu weinen.

Bis dahin war mir nicht klargewesen, wie sehr ich Hilfe brauchte. Bis dahin war mir nicht klargewesen, wie krank ich war. Erst bei dem Gedanken, Oma Rosa nicht mehr sehen zu können, habe ich das alles verstanden, und heiße Tränen sind mir über die Wangen gekullert.

Glücklicherweise hatte ich ein bißchen Zeit, mich zu beruhigen, bevor sie zurückkam.

»Es ist alles abgesprochen. Ich habe die Erlaubnis. Zwölf Tage lang darf ich dich jeden Tag besuchen.«

»Nur mich und niemand anderen?«

»Nur dich und sonst niemanden, Oskar. Zwölf Tage lang.«

Und da, ich weiß nicht, was mich da geritten hat, sind mir wieder die Tränen gekommen, daß es mich nur so schüttelte. Natürlich ist mir klar, daß Jungs nicht weinen dürfen, und schon gar nicht ich mit meinem Eierkopf, da ich ja weder wie ein Junge noch wie ein Mädchen aussehe, sondern eher wie ein Marsmensch. Keine Chance. Ich konnte nicht aufhören.

»Zwölf Tage? Steht es so schlecht, Oma Rosa?«

Auch sie mußte fast weinen. Sie hat sich aber nicht getraut. Die ehemalige Catcherin hat verhindert, daß das ehemalige Mädchen sich gehenließ. Das war ein niedlicher Anblick, der mich ein bißchen aufgemuntert hat.

»Was für ein Datum haben wir heute, Oskar?«

»Komische Frage! Sehen Sie meinen Kalender nicht? Heute ist der 19. Dezember.«

»In meiner Heimat, Oskar, gibt es eine alte Legende, in der es heißt, daß man in den letzten zwölf Tagen eines Jahres das Wetter für die kommenden zwölf Monate des neuen Jahres vorhersagen kann. Es genügt, jeden einzelnen Tag auf das genaueste zu beobachten, um so im kleinen eine Übersicht über all die Monate zu bekommen. Der 19. Dezember ist wie der Monat Januar, der 20. Dezember wie der Monat Februar und so weiter ... bis zum 31. Dezember, der wie der folgende nächste Dezember ist.«

»Ist das wahr?«

»Das ist eine Legende. Die Legende von den zwölf vorhersagenden Tagen. Die sollten wir miteinander nachspielen, du und ich. Also, vor allem du. Von heute an wirst du jeden einzelnen Tag so betrachten, als würde er zehn Jahre zählen.«

»Zehn Jahre?«

»Ja. Ein Tag ist gleich zehn Jahre.«

»Also, dann werde ich in zwölf Tagen hundertzwanzig sein!«

»Ja. Kannst du dir das vorstellen?«

Oma Rosa hat mir einen Kuß gegeben – sie ist, habe ich das Gefühl, auf den Geschmack gekommen –, und dann ist sie weggegangen.

So, lieber Gott: Heute früh bin ich geboren worden und hab's gar nicht so richtig mitbekommen; gegen Mittag, als ich fünf war, ist es besser geworden, da hatte ich schon mehr Grips, nur daß ich da leider nichts Gutes zu hören bekommen habe; heute abend bin ich zehn und schon im Vernunftalter. Was ich nun ausnutze, um Dich um eine Sache zu bitten: Wenn Du mich wieder was wissen lassen willst, wie heute mittag, als ich ungefähr fünf war, dann bitte nicht so rabiat. Danke.

Bis morgen, Küßchen,
Oskar

P. S.: Ich hätte da noch eine Bitte. Ich weiß, daß ich nur das Recht auf einen Wunsch habe, aber mein Wunsch von eben ist ja eigentlich gar kein richtiger Wunsch, sondern mehr ein Tip.

Also, mit einem kurzen Besuch wär ich einverstanden. Einem Besuch im Geiste. Das wäre schon ziemlich stark. Ich würde mich freuen, wenn Du mir einen machen würdest. Von acht Uhr früh bis abends um neun bin ich für Dich da. Die übrige Zeit schlaf ich.

Manchmal mach ich auch tagsüber ein paar kleine Nickerchen, wegen der Behandlungen. Wenn Du mich so antriffst, dann einfach wecken. Es wär doch doof, sich wegen ein paar dußliger Minuten zu verpassen, oder?

Lieber Gott,

heute habe ich meine Jugend erlebt, und die war nicht einfach. Was für eine Geschichte! Ich hatte jede Menge Ärger mit meinen Kumpeln, mit meinen Eltern, und das alles nur wegen der Mädchen. Heute abend bin ich ganz zufrieden, zwanzig geworden zu sein, weil ich mir sage, uff, das Schlimmste ist überstanden. Die Pubertät, nein danke! Einmal und nie wieder!

Als erstes, lieber Gott, muß ich Dir mitteilen, daß Du nicht gekommen bist. Ich habe heute wegen all der Pubertätsprobleme kaum geschlafen, also kann ich Dich nicht verpaßt haben. Und ich sag's Dir noch einmal, falls ich eingenickt bin, einfach rütteln.

Beim Aufwachen heute früh war Oma Rosa schon da. Während des Frühstücks hat sie mir von ihren Kämpfen mit Königstitte erzählt, einer belgischen Catcherin, die jeden

Tag drei Kilo rohes Fleisch verschlang und ein Faß Bier nachschüttete; anscheinend war Königstittes eigentliche Stärke der Mundgeruch durch die Fleisch-Bier-Gärung, ein Rülpser reichte, und ihre Gegnerinnen lagen auf der Matte. Um sie zu besiegen, mußte Oma Rosa eine andere Taktik erfinden: eine Kapuze aufsetzen, die mit Lavendel getränkt war, und sich einen neuen Namen geben: Die Henkerin von Carpentras. Zum Catchen, sagt sie immer, braucht man auch Hirnmuskeln.

»Wen magst du am meisten, Oskar?«

»Hier? Im Krankenhaus?«

»Ja.«

»Bacon, Einstein, Popcorn.«

»Und von den Mädchen?«

Bei dieser Frage hat es mir glatt die Sprache verschlagen. Ich hatte keine Lust zu antworten. Aber Oma Rosa wartete ab, und vor einer Catcherin von internationalem Rang kann man ja nicht lang den Kasper machen.

»Peggy Blue.«

Peggy Blue ist das blaue Mädchen. Sie wohnt im vorletzten Zimmer am Ende des

Korridors. Sie lächelt einen immer sehr nett an, aber sie spricht kaum. Aussehen tut sie wie eine Fee, die sich für kurze Zeit im Krankenhaus ausruht. Sie hat eine komplizierte Krankheit, die blaue Krankheit, ein Problem mit dem Blut, das in die Lunge gehen soll, da aber nicht hingeht und dadurch auf einmal die ganze Haut blau macht. Sie wartet auf eine Operation, die sie wieder rosa werden läßt. Das find ich schade, denn sie ist sehr schön, so in Blau, die Peggy Blue. Um sie herum ist ein Strahlen und eine Stille, man meint, daß man eine Kapelle betritt, wenn man sich ihr nähert.

»Hast du ihr das gesagt?«

»Ich kann mich doch nicht vor sie hinstellen und ihr sagen: Peggy Blue, ich hab dich gern.«

»Warum denn nicht?«

»Ich weiß ja nicht mal, ob sie weiß, daß es mich gibt.«

»Ein Grund mehr.«

»Bei meinem Kopf? Da müßte sie auf Außerirdische stehen, und da bin ich mir nicht so sicher.«

»Ich finde dich sehr schön, Oskar.«

Damit hat Oma Rosa das Gespräch ein bißchen ins Stocken gebracht. Es ist angenehm, so was zu hören, da kriechen einem Schauer über die Haut, bloß weiß man nicht so genau, was man darauf antworten soll.

»Ich möchte nicht nur für mein Äußeres geliebt werden, Oma Rosa.«

»Was empfindest du denn für sie?«

»Ich möchte sie vor den Gespenstern beschützen.«

»Was? Hier gibt es Gespenster?«

»Ja. Jede Nacht. Sie wecken einen auf, und man weiß nicht warum. Sie tun einem weh, sie kneifen. Man hat Angst, denn man kann sie nicht sehen. Und man hat Mühe, wieder einzuschlafen.«

»Tauchen diese Gespenster öfter bei dir auf?«

»Nein. Ich habe einen tiefen Schlaf. Aber Peggy Blue höre ich manchmal nachts schreien. Ich würde sie gerne beschützen.«

»Sag es ihr.«

»Ich könnte das sowieso nicht tun, weil wir nachts unsere Zimmer nicht verlassen dürfen. Das ist Vorschrift.«

»Glaubst du, die Gespenster kennen die Vorschrift? Nein. Ganz bestimmt nicht. Sei schlau: Wenn die mitbekommen, wie du Peggy Blue sagst, daß du Wache schiebst, um sie vor ihnen zu beschützen, werden sie es nicht wagen, heute abend aufzukreuzen.«

»Naja…«

»Wie alt bist du, Oskar?«

»Keine Ahnung. Wie spät ist es?«

»Zehn. Dann wirst du bald fünfzehn. Meinst du nicht, es wäre langsam an der Zeit, dich zu deinen Gefühlen zu bekennen?«

Um halb elf habe ich mir ein Herz gefaßt und bin in ihr Zimmer gegangen, die Tür stand offen.

»Hi, Peggy, ich bin's, Oskar.«

Sie lag auf ihrem Bett wie Schneewittchen, das auf seinen Prinzen wartet, während diese idiotischen Zwerge glauben, daß es tot ist, ein Schneewittchen wie der Schnee auf solchen Fotos, wo der Schnee blau ist und nicht weiß.

Sie drehte sich zu mir um, und da fragte ich mich, für wen sie mich wohl halten wird, für den Prinzen oder für einen der Zwerge. We⁄

gen meinem Eierkopf hätte ich das Kreuz bei
»Zwerg« gemacht, aber sie hat nix gesagt, und
das ist das Schöne bei Peggy Blue, daß sie nie
was sagt und daß alles so geheimnisvoll bleibt.

»Ich bin bloß gekommen, damit du weißt,
daß ich heute nacht und alle kommenden
Nächte, wenn du willst, vor deinem Zimmer
Wache schieben werde, um dich vor den Gespenstern zu beschützen.«

Sie hat mich angesehen, hat mit den Wim-
pern geklimpert, und ich hatte das Gefühl,
daß der Film wie in Zeitlupe ablief, daß die
Luft leichter geworden war, die Stille noch
stiller, daß ich wie im Wasser lief und daß
sich alles veränderte, sobald man ihrem Bett
näher kam, das in ein Licht von unbestimmter
Quelle getaucht war.

»Momentchen mal, Eierkopf: Ich beschütze
Peggy!«

Popcorn stand in der Tür, oder vielmehr, er
hat den Türrahmen völlig ausgefüllt. Ich bin
zusammengeschreckt. Klar, wenn der Wache
hält, ist das wirksamer, da kommt kein Ge-
spenst durch.

Popcorn blinzelte Peggy zu.

»Stimmt's, Peggy? Du und ich, wir sind doch Freunde, oder?«

Peggy hat zur Decke hochgeschaut. Popcorn hat das als Einverständnis gewertet und mich rausgezerrt.

»Wenn du ein Mädchen willst, schnapp dir Sandrine. Peggy ist mein Revier.«

»Wie kommst du denn darauf?«

»Weil ich zuerst da war. Wenn dir das nicht paßt, können wir ja um sie kämpfen.«

»Schon überredet.«

Ich war müde und ging ins Spielzimmer, um mich ein Weilchen hinzusetzen. Und wen treffe ich da? Ausgerechnet Sandrine. Sandrine hat wie ich Leukämie, aber bei ihr scheint die Behandlung anzuschlagen. Man nennt sie die Chinesin, weil sie eine schwarz glänzende Perücke mit glatten Haaren und einem Pony trägt, mit der sie wie eine Chinesin aussieht. Sie schaut mich an und läßt eine Kaugummiblase platzen.

»Wenn du willst, kannst du mich küssen.«

»Wozu? Reicht dir dein Kaugummi nicht?«

»Kannst es wohl noch nicht, Milchgesicht. Ich bin sicher, du hast es noch nie gemacht.«

»Machst du Witze oder was? Mit fünfzehn? Ich hab's schon öfter gemacht, als du denkst, da kannst du Gift drauf nehmen.«

»Du bist fünfzehn?« fragt sie ungläubig.

Ich schau auf meine Uhr.

»Ja. Sogar schon über fünfzehn.«

»Ich habe immer davon geträumt, von einem Typen über fünfzehn geküßt zu werden.«

»Klar, das wär schon was«, sag ich.

Und da macht sie eine unmögliche Schnute, stülpt ihre Lippen vor, daß die aussehen wie ein Saugnapf, der an einer Scheibe klebt, und ich kapiere, daß sie auf einen Kuß wartet.

Ich drehe mich weg, und da sehe ich, daß mich alle meine Kumpel beobachten. Keine Chance für einen Rückzieher. Man muß seinen Mann stehen. Der Zeitpunkt ist gekommen.

Ich geh also zu ihr hin und küsse sie. Sie umklammert mich mit den Armen, ich kann mich nicht mehr losmachen, und da, plötzlich, ohne Vorwarnung, schiebt sie mir ihren

Kaugummi in den Mund. Vor Schreck habe ich ihn prompt verschluckt. War ich sauer.

In diesem Augenblick klopft mir eine Hand auf die Schulter. Ein Unglück kommt selten allein: meine Eltern. Ich hatte glatt vergessen, daß Sonntag war!

»Willst du uns deine Freundin nicht vorstellen, Oskar?«

»Das ist nicht meine Freundin.«

»Willst du sie uns trotzdem vorstellen?«

»Sandrine. Meine Eltern. Sandrine.«

»Sehr erfreut, Sie kennenzulernen«, sagt die Chinesin mit zuckersüßem Stimmchen. Ich hätte sie erwürgen können.

»Möchtest du, daß Sandrine mit uns in dein Zimmer kommt?«

»Nein. Sandrine bleibt hier.«

Wieder zurück in meinem Bett habe ich gemerkt, wie erschöpft ich war, und erstmal eine Runde geschlafen. Ich hatte sowieso keinen Bock drauf, mich mit ihnen zu unterhalten.

Als ich wieder wach wurde, hatten sie die Geschenke ausgepackt. Seitdem ich ständig im Krankenhaus bin, fällt es meinen Eltern schwer, mit mir zu reden; deshalb bringen sie mir Geschenke mit, und den ganzen belämmerten Nachmittag verbringen wir damit, Spielregeln und Gebrauchsanweisungen zu studieren. Mein Vater schreckt vor keiner Anleitung zurück: Selbst wenn sie auf Türkisch oder Japanisch ist, läßt er sich nicht entmutigen, er vertieft sich in die Pläne. Er ist ein Weltmeister im Sonntagnachmittageverderben.

Heute hat er mir einen CD-Player mitgebracht. Gegen den konnte ich nichts sagen, auch wenn ich große Lust dazu gehabt hätte.

»Seid ihr nicht gestern hiergewesen?«

»Gestern? Wie sollten wir? Wir können nur sonntags. Wieso fragst du?«

»Jemand hat euer Auto auf dem Parkplatz gesehen.«

»Es gibt nicht nur einen roten Geländewagen auf der Welt. Bei Autos kann man sich schnell mal täuschen.«

»Tja. Bei Eltern leider auch.«

Damit hatte ich ihnen das Maul gestopft.

Dann habe ich mir den CD-Player genommen und ohne Unterbrechung zweimal vor ihnen den *Nußknacker* gehört. Zwei Stunden lang, ohne daß sie ein Wort hätten sagen können. Geschah ihnen recht.

»Gefällt dir das?«

»Hhmm. Ich bin müde.«

Sie hatten verstanden, daß sie gehen sollten. Sie fühlten sich sehr unwohl in ihrer Haut. Sie konnten sich nicht entscheiden. Ich spürte, daß sie mir noch was sagen wollten und daß sie das nicht schafften. Es tat gut, auch sie einmal leiden zu sehen.

Dann stürzte sich meine Mutter auf mich, drückte mich fest an sich, allzu fest, und sagte mit bewegter Stimme:

»Ich hab dich lieb, mein kleiner Oskar, ich hab dich schrecklich lieb.«

Ich wollte sie wegschieben, aber am Ende hab ich sie machen lassen, es erinnerte mich an die Zeit davor, an die Zeit, als wir einfach nur miteinander schmusten, an die Zeit, als noch kein Kummer in ihrer Stimme mitschwang, wenn sie mir sagte, daß sie mich liebhat.

Danach muß ich ein wenig geschlafen ha‑
ben.

Oma Rosa ist als Wecker unschlagbar. Sie
läuft immer in genau dem Augenblick über
die Ziellinie, wenn ich die Augen aufmache.
Und hat immer in genau dem Augenblick ein
Lächeln auf den Lippen.

»Na, wie lief's mit deinen Eltern?«

»Gar nicht, wie gewöhnlich. Na ja, sie ha‑
ben mir den *Nußknacker* geschenkt.«

»Den *Nußknacker?* Wie drollig. Ich hatte
mal eine Freundin, die so hieß. Eine verdammt
gute Kämpferin. Die brach einem mit ihren
Schenkeln den Hals. Und Peggy Blue, hast du
sie besucht?«

»Nicht drüber reden. Sie ist mit Popcorn
verlobt.«

»Hat sie dir das gesagt?«

»Nein, er.«

»Ein Bluff!«

»Ich glaube nicht. Ich bin sicher, daß er
ihr besser gefällt als ich, er ist viel stärker, ein
Beschützertyp eben.«

»Er blufft, sag ich dir! Ich, die als unschein‑

bares Mäuschen in den Ring gestiegen bin, habe Catcherinnen besiegt, die wie Wale oder Nilpferde dahergekommen sind. Nimm Plum Pudding, eine Irin, hundertfünfzig Kilo Kampfgewicht, in Höschen, vor ihrem ersten Guinness. Die hatte Unterarme wie meine Oberschenkel, Oberarme wie Schinken, Schenkel, die ich nicht umfassen konnte. Keine Taille, nichts zum Griffeansetzen. Unbesiegbar!«

»Und was haben Sie getan?«

»Was nichts zum Griffeansetzen hat, ist rund und rollt. Also brauchte ich Plum Pudding nur ein bißchen durch den Ring zu scheuchen, bis sie nicht mehr konnte, und hab sie dann einfach umgestoßen. Um sie wieder aufzurichten, brauchte man einen Kran. Du, mein kleiner Oskar, du hast zwar zarte Knochen mit nicht allzuviel Fleischpaketen drauf, das mag schon sein, aber ob einer liebenswert ist oder nicht, hängt nicht nur von Fleisch und Knochen, es hängt auch von den inneren Werten ab. Und damit bist du reichlich ausgestattet.«

»Ich?«

»Geh zu Peggy Blue und sag ihr, was du auf dem Herzen hast.«

»Ich bin ein bißchen müde.«

»Müde? Wie alt bist du jetzt? Achtzehn? Mit achtzehn ist man nicht müde.«

Oma Rosa hat eine Art zu reden, die einem wieder richtig Kraft gibt.

Es war Nacht geworden, die Geräusche klangen in der Dunkelheit viel lauter, auf dem Linoleum vom Korridor spiegelte sich der Mond.

Ich bin zu Peggy rein und habe ihr meinen CD-Player hingehalten.

»Da. Hör dir mal den Schneeflockenwalzer an. Der ist so schön, daß ich dabei an dich denken mußte.«

Peggy hat sich den Schneeflockenwalzer angehört. Sie hat dabei gelächelt, als ob der Walzer ein alter Kumpel von ihr wäre, der ihr lustige Sachen ins Ohr flüstert.

Dann hat sie mir den CD-Player zurückgegeben und »Schön« gesagt.

Das war ihr erstes Wort. Toll, was, als erstes Wort?

»Peggy Blue, was ich dir noch sagen wollte:
Ich möchte nicht, daß du dich operieren läßt.
Du bist schön, so wie du bist. Du bist schön,
in diesem Blau.«

Ich habe sehr wohl bemerkt, daß ihr das
Freude gemacht hat. Deswegen hatte ich es
nicht gesagt, aber es war klar, daß ihr das jede
Menge Freude machen würde.

»Oskar, ich möchte, daß du mich vor den
Gespenstern beschützt.«

»Worauf du dich verlassen kannst, Peggy.«

Ich war mächtig stolz. Am Ende hatte ich
gewonnen!

»Küß mich.«

Also, diese Küsserei ist wirklich ein Mäd-
chending, es scheint ihnen ein echtes Bedürfnis
zu sein. Aber Peggy Blue ist im Gegensatz zu
der Chinesin kein Vamp, sie hat mir die Wange hingehalten, und als ich sie küßte, wirklich
wahr, da ist mir mächtig heiß geworden.

»Gute Nacht, Peggy.«

»Gute Nacht, Oskar.«

So, lieber Gott, das war mein Tag. Ich verstehe, daß man sagt, die Jugend sei das schwierige Alter. Sie ist schon sehr schwer. Ist man dann aber schließlich zwanzig, wird vieles einfacher. Daher mein Wunsch für heute: Ich möchte, daß Peggy und ich heiraten. Ich bin mir nicht sicher, ob das Heiraten zu den geistigen Sachen gehört, ob Du dafür zuständig bist. Erfüllst Du auch diese Art Wunsch, den Heiratsvermittlungswunsch? Wenn Du so einen nicht auf Lager hast, dann sag's mir schnell, damit ich die richtigen Leute drum bitten kann. Ohne drängeln zu wollen, mache ich Dich darauf aufmerksam, daß ich nicht viel Zeit habe. Also: Hochzeit von Oskar und Peggy Blue. Ja oder nein. Mir wär's recht, wenn Du es einrichten könntest.

Bis morgen, Küßchen,
Oskar

P. S.: Wie ist denn nun eigentlich Deine Adresse?

Lieber Gott,

es hat geklappt, ich habe geheiratet. Heute ist
der 21. Dezember, ich gehe auf die Dreißig zu
und bin verheiratet. Mit dem Kinderkriegen,
so haben Peggy Blue und ich beschlossen, wollen wir uns noch ein wenig Zeit lassen. Peggy
ist, glaube ich, noch nicht reif genug dafür.

Heute nacht ist es passiert.

Gegen ein Uhr morgens habe ich das Jam-
mern von Peggy Blue gehört. Sofort bin ich
in meinem Bett hochgeschreckt. Die Gespenster! Peggy Blue wurde von den Gespenstern
gequält, wo ich ihr doch versprochen hatte,
Wache zu schieben. Sie würde bestimmt denken, daß ich ein Versager bin, sie würde nicht
mehr mit mir reden, und das mit Recht.

Ich bin aufgestanden und in Richtung der
Schreie marschiert. Als ich bei Peggys Zimmer angekommen war, saß sie aufrecht in
ihrem Bett, überrascht, mich zu sehen. Auch

mir muß man mein Staunen angemerkt haben, denn vor mir sah ich eine Peggy Blue, die
mich mit geschlossenem Mund anstarrte, während ich noch immer die Schreie hörte.

Also bin ich weitergegangen, bis zur nächsten Tür, und erst da habe ich kapiert, daß
es Bacon war, der sich wegen seiner Verbren-
nungen im Bett rumwälzte. Einen Augenblick
lang packte mich das schlechte Gewissen, ich
mußte an den Tag denken, an dem ich das
Haus angezündet hatte, an die Katze, an den
Hund, sogar an die von mir gegrillten Goldfische – naja, ich glaube, die wurden mehr ge-
kocht. Ich mußte daran denken, was die alle
durchgemacht hatten, und da habe ich mir gesagt, daß es eigentlich gar nicht so schlimm
war, daß sie dabei gestorben sind, besser als
mit den Erinnerungen daran und den Ver-
brennungen weiter am Leben zu bleiben wie
Bacon, trotz der Hautübertragungen und der
Salben.

Bacon rollte sich zusammen und hörte mit
dem Stöhnen auf. Ich kehrte zu Peggy Blue
zurück.

»Du warst es also gar nicht, Peggy? Und ich habe immer geglaubt, daß du es bist, die in der Nacht so schreit.«

»Und ich habe geglaubt, das bist du.«

Wir sprachen nicht mehr darüber, was vorgegangen war und was wir uns da gesagt hatten: In Wirklichkeit hatte jeder seit langem an den anderen gedacht.

Peggy Blue wurde noch blauer, was bei ihr hieß, daß sie sehr verlegen war.

»Was wirst du jetzt tun, Oskar?«

»Und du, Peggy?«

Schon verrückt, was wir alles gemeinsam haben, die gleichen Gedanken, die gleichen Fragen.

»Möchtest du bei mir schlafen?«

Unglaublich, diese Mädchen. Um so einen Satz rauszukriegen, hätte ich mir Stunden, Wochen, Monate mein Hirn zermartern müssen. Und sie, sie sagte ihn mir wie selbstverständlich, ganz einfach so.

»Okay.«

Und ich bin in ihr Bett geklettert. Es war ein bißchen eng, aber wir haben eine tolle

Nacht miteinander verbracht. Peggy Blue riecht nach Haselnüssen, und ihre Haut ist so weich wie bei mir der Arm ganz innen, aber bei ihr ist's überall so. Wir haben viel geschlafen, viel geträumt, wir haben uns dicht aneinander gekuschelt, wir haben uns unser Leben erzählt.

Natürlich brach die ganz große Oper aus, als uns am nächsten Morgen Madame Gommette, die Oberschwester, zusammen fand. Sie fing zu schreien an, die Nachtschwester fing zu schreien an, dann schrien sie sich gegenseitig an, dann Peggy, dann mich, Türen knallten, sie riefen die anderen als Zeugen zusammen, sie beschimpften uns als »Unglückliche«, obwohl wir doch ganz glücklich waren, und erst als Oma Rosa kam, klang das Konzert allmählich aus.

»Wollen Sie diese Kinder nicht endlich in Frieden lassen?« sagte Oma Rosa. »Für wen sind Sie eigentlich da, für die Kinder oder für die Vorschriften? Ich scher mich nicht um Ihre Vorschriften, da pfeif ich drauf. Und jetzt Ruhe im Karton. Kriegt euch woanders in die

Wolle. Wir sind hier nicht in einer Umkleide-
kabine.«

Da waren alle sprachlos, wie immer bei
Oma Rosa. Sie brachte mich zurück in mein
Zimmer, und ich habe ein bißchen geschla-
fen.

Als ich wieder aufwachte, konnten wir
reden.

»Na, Oskar, ist das was Festes zwischen
Peggy und dir?«

»Wie Beton, Oma Rosa. Ich bin super
glücklich. Wir haben heute nacht geheiratet.«

»Geheiratet?«

»Ja. Wir haben alles getan, was ein Mann
und eine Frau tun, wenn sie verheiratet sind.«

»Ah ja?«

»Für wen halten Sie mich? Ich bin – wie
spät ist es? – über zwanzig, ich kann tun und
lassen, was ich will, oder?«

»Sicher.«

»Und dann, stellen Sie sich mal vor, all die
Dinge, vor denen ich mich geekelt habe, als
ich noch jünger war, die Küsse, das Rum-
geschmuse und so, die haben mir plötzlich ge-

fallen. Komisch, wie schnell man sich verändert, was?«

»Ich freue mich für dich, Oskar. Du ent-
wickelst dich prächtig.«

»Bloß eine Sache haben wir nicht gemacht,
den Kuß mit den Zungen. Peggy Blue hatte
Angst, sie würde davon Kinder kriegen. Was
meinen Sie?«

»Ich meine, da hat sie recht.«

»Ach ja? Kriegt man davon wirklich Kinder, wenn man sich auf den Mund küßt?
Dann werde ich also welche von der Chinesin
kriegen.«

»Beruhige dich, Oskar, da besteht keine
Gefahr. Keine allzu große.«

Oma Rosa schien sich ihrer Sache ziemlich
sicher zu sein, was mich einigermaßen beruhigt hat, weil ich nämlich Dir, lieber Gott,
und nur Dir, gestehen muß, daß sich einmal,
vielleicht zweimal, vielleicht auch ein paarmal
Peggy Blues und meine Zunge berührt haben.

Ich habe ein bißchen geschlafen. Oma Rosa
und ich aßen dann zusammen zu Mittag, und
danach ging's mir besser.

»Verrückt, wie erschöpft ich heute morgen war.«

»Das ist normal, zwischen zwanzig und fünfundzwanzig geht man abends aus, man feiert, man führt ein Lotterleben, man schont sich nicht. Das kostet Kraft. Wollen wir nicht den lieben Gott besuchen?«

»Ach, haben Sie seine Adresse rausgekriegt?«

»Ich glaube, er ist in der Kapelle.«

Oma Rosa zog mich an, als würden wir zum Nordpol aufbrechen, sie nahm mich in die Arme und führte mich zu der Kapelle, die sich im Krankenhausgarten befindet, noch hinter den vereisten Grünflächen, na ja, Dir brauche ich ja nicht zu erklären, wo Dein Zuhause ist.

Ich habe natürlich einen Riesenschreck bekommen, als ich Dich dort hängen sah, als ich dich in diesem Zustand gesehen habe, fast nackt, ganz mager an Deinem Kreuz, überall Wunden, die Stirn voller Blut durch die Dornen, und der Kopf, der Dir nicht mal mehr gerade auf den Schultern saß. Das hat mich an mich selbst erinnert. Ich war empört. Wär ich der liebe Gott, wie Du, ich hätte mir das nicht gefallen lassen.

»Oma Rosa, im Ernst: Sie als Catcherin, Sie als ehemaliger Superchamp, Sie werden doch so einem nicht vertrauen!«

»Warum nicht, Oskar? Würdest du dich eher einem Gott anvertrauen, wenn du einen Bodybuilder vor dir hättest, mit wohlgeform⁄ten Fleischpaketen, prallen Muskeln, eingeöl⁄ter Haut, kahlgeschoren und im vorteilhaften Tanga?«

»Ähm...«

»Denk nach, Oskar. Wem fühlst du dich näher? Einem Gott, der nichts fühlt, oder ei⁄nem Gott, der Schmerzen hat?«

»Einem, der Schmerzen hat, natürlich. Aber wenn ich er wäre, wenn ich der liebe Gott wäre, wenn ich so wie er alle Möglich⁄keiten hätte, würde ich mich um die Schmer⁄zen drücken.«

»Niemand kann sich um Schmerzen drük⁄ken. Weder Gott noch du. Weder deine Eltern noch ich.«

»Gut, einverstanden. Aber wozu gibt es überhaupt Schmerzen?«

»Jetzt kommen wir der Sache näher. Es gibt Schmerzen und Schmerzen. Schau dir mal sein Gesicht an. Schau mal ganz genau hin. Sieht er aus, als ob er Schmerzen hätte?«

»Nee. Komisch. Er sieht nicht so aus, als ob ihm etwas weh täte.«

»Eben. Siehst du, Oskar, man muß zwischen zwei Arten von Schmerz unterscheiden, dem körperlichen und dem seelischen Schmerz. Den körperlichen Schmerz hat man zu ertragen. Den seelischen Schmerz hat man sich selbst ausgewählt.«

»Versteh ich nicht.«

»Wenn man dir Nägel in die Hände haut oder in die Füße, dann kannst du nicht verhindern, daß dir das weh tut. Das mußt du aushalten. Dagegen muß dir der Gedanke zu sterben nicht weh tun. Du weißt ja nicht, was das bedeutet. Also hängt es ganz allein von dir ab.«

»Kennen Sie Leute, die sich bei dem Gedanken an den Tod freuen?«

»O ja, solche kenne ich. Meine Mutter zum Beispiel. Auf ihrem Sterbebett hat sie ganz neugierig gelächelt, sie war voller Ungeduld, sie hatte es eilig herauszufinden, was passieren würde.«

Dazu fiel mir nichts mehr ein. Da mich aber interessierte, wie es weiterging, habe ich etwas Zeit verstreichen lassen und darüber nachgedacht, was sie mir bis jetzt gesagt hatte.

»Den meisten Menschen fehlt allerdings diese Neugier. Sie klammern sich an das, was sie haben, wie eine Laus an das Ohr von einem Glatzkopf. Nimm zum Beispiel Plum Pudding, meine Rivalin aus Irland, hundertfünfzig Kilo Kampfgewicht, in Höschen, vor dem ersten Guinness. Sie hat mir immer gesagt: Tut mir leid, aber ich werde nie sterben, damit bin ich nicht einverstanden, ich habe nichts unterschrieben. Sie hat sich geirrt. Niemand hatte ihr gesagt, daß das Leben ewig währt, niemand! Sie aber hat hartnäckig daran geglaubt, alles in ihr hat gegen den Tod rebelliert; jeden Gedanken an die eigene Vergänglichkeit hat sie weit von sich gewiesen. Sie

wurde fuchsteufelswild, sie bekam Depressio-
nen, sie magerte ab, sie gab den Beruf auf, sie
wog nur noch fünfunddreißig Kilo, sie wurde
platt wie eine Flunder, und am Ende ging sie
ein. Siehst du, sie ist trotzdem gestorben, wie
jeder Mensch, aber der Gedanke daran, sterben zu müssen, hat ihr das Leben verdorben.«

»Plum Pudding war dämlich, Oma Rosa.«

»Ja, dämlich wie eine Leberwurst. Aber
Leberwürste gibt es reichlich. Mehr als genug.«

Auch da mußte ich ihr zustimmen, weil ich
das ganz genauso sah.

»Die Menschen haben Angst vor dem Tod,
weil sie Angst vor dem Unbekannten haben.
Aber was ist eigentlich das Unbekannte? Ich
würde dir empfehlen, keine Angst zu haben,
Oskar, sondern Vertrauen. Schau dir mal das
Gesicht von Gott da am Kreuz an: Den körperlichen Schmerz muß er ertragen, aber er
empfindet keinen seelischen Schmerz, denn er
hat Vertrauen. Deshalb bereiten ihm die Nägel nicht so große Schmerzen. Er sagt sich immer wieder: Ich leide zwar Schmerzen, aber

das kann kein Leid sein. Siehst du! Darin liegt der Vorteil, wenn man glaubt. Das wollte ich dir zeigen.«

»Okay, Oma Rosa, wenn ich mal Schiß kriege, werde ich mich dazu zwingen, Vertrauen zu haben.«

Sie gab mir einen Kuß. Eigentlich war es sehr schön in dieser leeren Kirche mit Dir, lieber Gott, weil Du so friedlich ausgesehen hast.

Nachdem wir zurück waren, habe ich lange geschlafen. Ich muß jetzt immer öfter schlafen. Als ich wieder wach geworden bin, habe ich zu Oma Rosa gesagt:

»Im Prinzip habe ich gar keine Angst vor dem Unbekannten. Das einzige, was mich stört, ist, das zu verlieren, was ich kenne.«

»Da geht es dir genauso wie mir, Oskar. Wie wär's, wenn wir Peggy Blue bitten, mit uns zusammen eine Tasse Tee zu trinken.«

Peggy Blue hat mit uns Tee getrunken, sie hat sich sehr gut mit Oma Rosa verstanden, wir haben eine Menge gelacht, als uns Oma Rosa von ihrem Kampf mit den Flickflacks er-

zählte: das waren drei Schwestern, Drillings-
schwestern, die sich als eine einzige ausgaben.
Am Ende jeder Runde ist eine der Flickflacks,
nachdem sie ihre Gegnerin durch pausenloses
Anspringen völlig erschöpft hatte, unter dem
Vorwand, Pipi machen zu müssen, aus dem
Ring gesprungen und aufs Klo gerannt, von
dem dann zur nächsten Runde topfit eine andere der Schwestern zurückkam. Und so weiter. Alle glaubten, daß es nur eine Schwester
Flickflack gäbe, die von einer unerschöpflichen
Sprungkraft war. Oma Rosa ist ihnen auf die
Schliche gekommen, sie hat die beiden Ersatz-
schwestern im Klo eingesperrt, den Schlüssel
aus dem Fenster geworfen und so die einzig
Übriggebliebene aufs Kreuz gelegt. Ein cleve-
rer Sport, das Catchen.

Dann ist Oma Rosa gegangen. Die Krankenschwestern lassen uns nicht mehr aus den
Augen, Peggy Blue und mich, als ob wir
Knallfrösche wären kurz vor der Explosion.
Scheiße, schließlich bin ich immerhin schon
dreißig! Peggy Blue hat mir geschworen, daß
sie heute abend, sobald sie kann, zu mir

kommt, und dafür hab ich ihr geschworen: diesmal ohne Zunge.

Es ist schon wahr, Kinder zu kriegen ist eine Sache, die Zeit zu haben, sie großzuziehen, eine ganz andere.

So, lieber Gott. Ich weiß nicht, was ich mir heute abend von Dir wünschen soll, denn es war ein wunderschöner Tag. Oder doch. Mach, daß die Operation von Peggy Blue morgen gut verläuft. Nicht so wie bei mir, wenn Du verstehst, was ich meine.

Bis morgen, Küßchen,
Oskar

P.S.: Operationen gehören ja wohl nicht zu den geistigen Dingen, wahrscheinlich hast Du die nicht im Angebot. Mach aber trotzdem, egal, wie die Operation ausgeht, daß Peggy Blue damit fertig wird. Ich zähl auf Dich.

Lieber Gott,

heute ist Peggy Blue operiert worden. Ich habe
zehn schreckliche Jahre hinter mir. Die Drei-
ßiger sind schon hart, das ist das Alter der
Sorgen und der Verantwortung.

Leider konnte Peggy in der Nacht nicht
zu mir kommen, weil Madame Ducru, die
Nachtschwester, in ihrem Zimmer geblieben
ist, um Peggy für die Narkose vorzubereiten.
Um acht Uhr morgens wurde sie in den Operationssaal geschoben. Es hat mir das Herz
gebrochen, als ich Peggy auf der Liege vor-
beirollen sah, man konnte sie kaum sehen unter den dunkelgrünen Tüchern, so klein und
dünn war sie.

Oma Rosa hat mir die Hand gehalten, damit ich mich nicht zu sehr aufrege.

»Warum läßt dein lieber Gott zu, daß es
Menschen gibt wie Peggy und mich, Oma
Rosa?«

»Zum Glück hat er euch erschaffen, lieber Oskar, denn ohne euch wäre das Leben nur halb so schön.«

»Nein. Sie verstehen mich nicht. Warum läßt Gott es zu, daß man krank wird? Entweder ist er böse. Oder er ist eine Flasche.«

»Oskar, eine Krankheit ist wie der Tod. Das ist eine Tatsache und keine Strafe.«

»Man merkt, daß Sie nicht krank sind!«

»Bist du dir da so sicher, Oskar?«

Darauf konnte ich nichts mehr sagen. Ich hätte mir nie träumen lassen, daß Oma Rosa, die immer für einen da ist und die sich um das Wohl der anderen sorgt, selbst Probleme haben könnte.

»Sie dürfen mir nichts verheimlichen, Oma Rosa, Sie können mir alles sagen. Ich bin schon fast zweiunddreißig, habe Krebs, eine Frau im Operationssaal, also, ich kenne das Leben.«

»Ich hab dich lieb, Oskar.«

»Ich Sie auch. Wenn Sie Sorgen haben, was kann ich für Sie tun? Soll ich Sie adoptieren?«

»Mich adoptieren?«

»Ja, Bernard habe ich auch adoptiert, als er so traurig geguckt hat.«

»Bernard?«

»Meinen Bären. Der da. Im Schrank, auf dem Brett. Das ist mein alter Teddy, er hat keine Augen mehr, keinen Mund, keine Nase, er hat die Hälfte seiner Füllung verloren, und er hat überall Narben. Er sieht ein bißchen so aus wie Sie. Ich habe ihn an dem Abend adoptiert, als mir meine blöden Eltern einen neuen Teddy schenkten. Als ob ich einen neuen Teddy hätte haben wollen! Wenn sie schon dabei waren, hätten sie auch gleich mich durch ein nagelneues kleines Brüderchen er‑ setzen können! Da habe ich ihn adoptiert. Ich werde Bernard alles vermachen, was ich habe. Wenn es Sie beruhigt, würde ich Sie auch gerne adoptieren.«

»Ja. Das wäre schön. Ja, Oskar, ich glaube, das wäre eine große Beruhigung für mich.«

»Hand drauf, Oma Rosa.«

Anschließend sind wir in Peggys Zimmer gegangen und haben es für ihre Rückkehr vor‑

bereitet, Pralinen ausgepackt und Blumen hin-
gestellt.

Danach habe ich geschlafen. Verrückt, was
ich im Moment schlafen kann.

Später am Nachmittag hat mich Oma Rosa
geweckt, um mir zu sagen, daß Peggy Blue
nach einer geglückten Operation wieder zurück auf ihrem Zimmer sei.

Wir haben sie zusammen besucht. Ihre
Eltern saßen schon an ihrem Bett. Ich weiß
nicht, wer es ihnen gesagt hat, Peggy oder
Oma Rosa, aber sie schienen darüber im Bilde
zu sein, wer ich war, und behandelten mich
mit großem Respekt. Sie haben für mich einen
Stuhl zwischen sich gestellt, und ich konnte
gemeinsam mit meinen Schwiegereltern bei
meiner Frau Wache halten.

Ich war überglücklich, daß Peggy noch
immer etwas bläulich war. Doktor Düsseldorf
schaute vorbei, rieb sich die Augenbrauen und
sagte, daß sich das in den kommenden Stunden ändern würde.

Ich sah mir Peggys Mutter an, die überhaupt nicht blau war, aber so oder so sehr

schön, und sagte mir, daß, völlig wurscht, meine Frau Peggy die Farbe haben kann, die sie will, ich würde sie so oder so lieben.

Peggy hat die Augen aufgeschlagen, uns an-gelächelt, mich, ihre Eltern, und ist dann wie-der eingeschlafen.

Ihre Eltern waren beruhigt, aber sie konn-ten nicht bleiben.

»Wir vertrauen dir unsere Tochter an«, sag-ten sie zu mir. »Wir wissen, daß wir uns auf dich verlassen können.«

Zusammen mit Oma Rosa habe ich so lange durchgehalten, bis Peggy ein zweites Mal die Augen aufgeschlagen hat, und dann bin ich in mein Zimmer zurück, um mich aus-zuruhen.

Während ich diesen Brief zu Ende schreibe, wird mir klar, daß das alles in allem heute ein wunderschöner Tag war. Ein richtiger Fa-milientag.

Ich habe Oma Rosa adoptiert, ich bin be-stens mit meinen Schwiegereltern ausgekom-men und ich habe meine Frau völlig gesund zurückerhalten, auch wenn sie gegen elf langsam wieder rosa wurde.

Bis morgen. Küßchen,
Oskar

P. S.: Kein Wunsch heute. Du kannst Dich mal erholen.

Lieber Gott,

heute, zwischen vierzig und fünfzig, hab ich nur Dummheiten gemacht.

Ich berichte nur kurz davon, mehr Platz ist das nicht wert. Peggy Blue geht es besser, aber die Chinesin, von Popcorn aufgehetzt, der mich nicht mehr riechen kann, war bei Peggy, um ihr zu petzen, daß ich sie auf den Mund geküßt habe.

Daraufhin hat Peggy mir gesagt, daß es aus ist zwischen ihr und mir. Ich habe protestiert, ihr erklärt, daß das zwischen mir und der Chinesin eine Jugendsünde war, daß das lange vor ihrer Zeit war und daß sie mich für meine Vergangenheit nicht ein Leben lang büßen lassen darf.

Aber das war ihr schnuppe. Sie ist sogar, um noch eins draufzusetzen, die beste Freundin von der Chinesin geworden, ich habe gehört, wie sie zusammen gekichert haben.

Als daraufhin Brigitte, die Mongoloide, die sich an jeden ranschmeißt – Mongoloide sind ja sehr anhänglich –, in mein Zimmer kam, um mir guten Tag zu sagen, habe ich zuge‚ lassen, daß sie mich von oben bis unten ab‚ knutscht. Die hat sich wie eine Schneekönigin gefreut. Wie ein Hund, der sein Herrchen be‚ grüßt. Das Problem war, daß Einstein auf dem Korridor rumlungerte. Zwar hat er Was‚ ser im Hirn, aber keine Tomaten auf den Au‚ gen. Er hat alles gesehen und ist sofort los, um es brühwarm Peggy und der Chinesin zu er‚ zählen. Das ganze Stockwerk schimpft mich jetzt einen Schürzenjäger, der jedem Rock hinterherrennt, wo ich doch keinen einzigen Schritt aus meinem Zimmer getan habe.

»Ich weiß nicht, was mich bei Brigitte ge‚ ritten hat, Oma Rosa...«

»Die Midlife‚crisis, Oskar. Männer zwi‚ schen fünfundvierzig und fünfzig sind eben so, die wollen sich vergewissern, sie wollen sich noch einmal beweisen, daß sie auch noch an‚ deren Frauen gefallen können außer der, die sie lieben.«

»Verstehe, dann bin ich zwar normal, aber auch ziemlich bescheuert, was?«

»Ja. Du bist vollkommen normal.«

»Was soll ich also tun?«

»Wen liebst du?«

»Peggy. Nur Peggy.«

»Dann sag es ihr. Ein junges Paar ist etwas Zerbrechliches, etwas Gefährdetes, und man muß darum kämpfen, daß man zusammen‚ bleibt, wenn man zusammenpaßt.«

Morgen, lieber Gott, ist Weihnachten. Mir war nie klar, daß das Dein Geburtstag ist. Mach, daß ich mich wieder mit Peggy ver‚ trage, weil, ich weiß zwar nicht, ob es deswe‚ gen ist, aber heute abend bin ich sehr traurig und habe allen Mut verloren.

Bis morgen, Küßchen,
Oskar

P. S.: Jetzt, wo wir Freunde sind, was wünschst Du Dir eigentlich von mir zum Geburtstag?

Lieber Gott,

heute früh um acht habe ich Peggy Blue gesagt, daß ich sie liebe, daß ich nur sie liebe und daß ich mir ein Leben ohne sie nicht vorstellen kann. Sie fing an zu heulen, sie hat mir gestanden, daß ich sie von einem großen Kummer erlöse, weil auch sie, auch sie nur mich liebt, und daß sie keinen anderen mehr finden würde, besonders jetzt, wo sie rosa ist.

Also, das ist komisch, da haben wir beide angefangen zu heulen, aber das war sehr angenehm. Es ist toll, das Leben zu zweit. Besonders, wenn man über fünfzig ist und schon einiges miteinander durchgemacht hat.

Dann, gegen zehn, ist mir erst richtig klargeworden, daß ja heute Weihnachten ist, daß ich nicht bei Peggy bleiben konnte, weil ihre ganze Familie – Brüder, Onkel, Neffen, Cousins – ihr Zimmer belagern würde und ich gezwungen wäre, meine Eltern zu ertragen. Was würden sie mir diesmal schenken? Ein Puzzle mit achtzehntausend Teilen? Bücher auf Kurdisch? Einen Sack voller Gebrauchsanweisungen? Ein Bild von mir, als ich noch gesund war? Bei zwei solchen Volltrotteln mit der Intelligenz einer Mülltonne war Gefahr im Verzug, da mußte man mit dem Schlimmsten rechnen, nur eins war sicher, es würde ein völlig verkorkster Tag werden.

Ich habe kurz überlegt und ratzfatz mein Abhauen organisiert. Ein bißchen Tauschhandel: für Einstein mein Spielzeug, für Bacon meine Daunendecke, für Popcorn meine Süßigkeiten. Ein bißchen Scharfblick: Oma Rosa geht immer zuerst in den Umkleideraum, bevor sie abschwirrt. Ein bißchen Spürnase: Meine Eltern würden nicht vor der Mittagszeit kommen. Alles ging wie geschmiert. Um halb zwölf gab mir Oma Rosa einen Kuß und wünschte mir einen schönen Weihnachtstag mit meinen Eltern, dann verschwand sie in Richtung Umkleideraum. Ich hab gepfiffen. Popcorn, Einstein und Bacon haben mir ganz schnell in die Klamotten geholfen, haben mich hochgehoben und bis zur Klapperkiste von Oma Rosa getragen, ein Vehikel, das noch aus der Zeit vor der Erfindung des Automobils stammen muß. Popcorn, der im Knakken von Schlössern ein As ist, denn er hat das Schwein, im richtigen Viertel dafür aufgewachsen zu sein, hat mit einem Haken die Hintertür geöffnet. Sie haben mich auf den Boden zwischen den Vorder- und den Hintersitzen gelegt und sind dann unbemerkt in den Bau zurückgeflitzt.

Nach einer ziemlich langen Zeit ist dann Oma Rosa in ihr Auto gestiegen, sie hat es zehn- bis fünfzehnmal rumstottern lassen, bis es endlich ansprang, und ist dann mit einem Affenzahn losgebrettert.

Ist schon genial, so ein Wagen aus der Zeit vor der Erfindung des Automobils, er macht einen solchen Radau, daß man das Gefühl hat, richtig zu rasen, und man wird genauso durchgeschüttelt wie in der Achterbahn.

Das Problem ist, daß Oma Rosa das Fahren wohl bei einem befreundeten Stuntman gelernt hat: Für sie gab es weder Ampel noch

Bürgersteig, noch Kreisverkehr, so daß der Wagen ab und zu richtig abhob. Die Kiste hat ganz schön geschaukelt. Oma Rosa hat wie eine Irre gehupt, und ihr Vokabular war sehr bereichernd: Sie hat mit den schrecklichsten Ausdrücken um sich geworfen, um die Gegner zu beleidigen, die es wagten, sich ihr in den Weg zu stellen, und mir fiel wieder auf, was das Catchen doch für eine gute Schule fürs Leben ist.

Ich hatte mir ausgedacht, bei der Ankunft hochzuspringen und »Kuckuck, Oma Rosa« zu rufen, aber das Hindernisrennen bis zu ihr nach Hause hat so lange gedauert, daß ich eingeschlafen sein muß.

Als ich dann wieder aufgewacht bin, war es dunkel, es war kalt, still, und ich lag verlassen auf der feuchten Bodenmatte. Da habe ich zum ersten Mal gedacht, daß ich vielleicht eine Dummheit gemacht habe.

Ich bin raus aus dem Wagen, und es begann zu schneien. Was aber bei weitem nicht so angenehm war wie der Schneeflockenwalzer aus dem *Nußknacker.*

Von ganz allein haben meine Zähne zu klappern angefangen.

Ich sah ein großes erleuchtetes Haus. Ich bin hingestapft, was sehr mühsam war. Um an die Türklingel zu kommen, mußte ich hoch-springen, so hoch, daß ich auf dem Fußabtre-ter umgefallen bin.

Dort hat mich dann Oma Rosa gefunden.

»Aber... aber...«, fing sie an.

Sie hat sich über mich gebeugt und geflü-stert:

»Mein Liebling.«

Da habe ich dann gedacht, daß ich viel-leicht doch keine Dummheit gemacht habe.

Sie hat mich in ihr Wohnzimmer getra-gen, wo sie einen großen Weihnachtsbaum aufgestellt hatte, der wie mit Augen blinkte. Ich war erstaunt zu sehen, wie schön es bei Oma Rosa war. Sie hat mich am Kamin auf-gewärmt, und wir haben eine große Tasse Ka-kao getrunken. Ich ahnte, daß sie erst sicher sein wollte, daß es mir wieder bessergeht, be-vor sie mich ausschimpft. Also ließ ich mir viel Zeit mit dem Bessergehen, was mir sowieso nicht schwerfiel, weil ich ja zur Zeit immer müde bin.

»Alle im Krankenhaus suchen nach dir, Oskar. Die sind ganz aus dem Häuschen. Deine Eltern sind verzweifelt. Sie haben die Polizei alarmiert.«

»Das wundert mich nicht. Die sind noch so blöd und glauben, daß ich sie liebhaben werde, wenn ich Handschellen trage...«

»Was hast du denn gegen sie?«

»Sie fürchten sich vor mir. Sie trauen sich nicht, mit mir zu reden. Und je weniger sie sich trauen, um so mehr komm ich mir wie ein Monster vor. Warum jage ich ihnen solche Angst ein? Bin ich so häßlich? Stinke ich? Bin ich blöd geworden, ohne es zu merken?«

»Sie haben keine Angst vor dir, Oskar. Sie haben Angst vor der Krankheit.«

»Meine Krankheit ist ein Teil von mir. Sie sollen sich nicht anders benehmen, bloß weil ich krank bin. Oder können sie nur einen Oskar liebhaben, der gesund ist?«

»Sie haben dich lieb, Oskar. Das haben sie mir selbst gesagt.«

»Sie haben mit ihnen gesprochen?«

»Ja. Sie sind sehr eifersüchtig, weil wir uns so gut verstehen. Nein, nicht eifersüchtig, traurig. Traurig, daß sie das nicht auch zuwege bringen.«

Ich zuckte mit den Schultern, aber meine Wut hatte sich schon ein bißchen gelegt. Oma Rosa machte mir eine zweite Tasse heißen Kakao.

»Du weißt es, Oskar. Eines Tages wirst du sterben. Aber auch deine Eltern werden einmal sterben.«

Ich war erstaunt über das, was sie zu mir sagte. Daran hatte ich nie gedacht.

»Ja. Auch sie werden sterben. Ganz allein. Und mit schrecklichen Gewissensbissen, sich nicht mit ihrem einzigen Kind, dem Oskar, den sie lieben, versöhnt zu haben.«

»Sagen Sie so was nicht, Oma Rosa, das macht mich ganz traurig.«

»Denk auch einmal an sie, Oskar. Du hast verstanden, daß du sterben wirst, weil du ein sehr intelligenter Junge bist. Aber du hast nicht verstanden, daß du nicht der einzige bist, der stirbt. Jeder stirbt. Irgendwann auch deine Eltern. Irgendwann auch ich.«

»Ja. Aber trotzdem, zuerst bin ich an der Reihe.«

»Das stimmt. Du zuerst. Aber kannst du, weil du als erster gehst, dir alles erlauben? Kannst du es dir auch erlauben, die anderen zu vergessen?«

»Ich verstehe, Oma Rosa. Rufen Sie sie an.«

So, lieber Gott, was dann kam, nur kurz, meine Hand wird müde. Oma Rosa hat das Krankenhaus benachrichtigt, die haben meinen Eltern Bescheid gesagt, die sind zu Oma Rosa gekommen, und wir haben alle zusammen Weihnachten gefeiert.

Als meine Eltern ankamen, habe ich zu ihnen gesagt:

»Ich entschuldige mich, ich hatte vergessen, daß auch ihr eines Tages sterben werdet.«

Ich weiß nicht, was dieser Satz bei ihnen ausgelöst hat, aber danach waren sie wieder wie früher, und wir haben einen super Weihnachtsabend verbracht.

Nach dem Nachtisch wollte sich Oma Rosa

im Fernsehen die Mitternachtsmesse ansehen und auch ein Catch-Turnier, das sie aufgezeichnet hatte. Sie sagt, daß sie seit Jahren immer einen Kampf bereithält, den sie sich vor der Mitternachtsmesse ansieht, um in Fahrt zu kommen, das sei eine Gewohnheit von ihr, auf die sie nicht verzichten wolle. Also haben wir uns alle einen Kampf angesehen, den sie schon rausgesucht hatte. Der war spitzenmäßig. Mephista gegen Jeanne d'Arc! Badeanzüge und Radlerhosen! »Verdammt scharfe Granaten!«, wie Papa sagte, der einen ganz roten Kopf bekam und dem das Catchen zu gefallen schien. Wie feste die sich aufs Maul gehauen haben, kann man sich gar nicht vorstellen. Bei einem solchen Kampf wär ich längst tausendmal tot. »Reine Trainingsfrage«, sagte mir Oma Rosa, »je mehr Schläge du aufs Maul bekommst, um so mehr hältst du aus. Man darf die Hoffnung nie aufgeben.« Übrigens, Jeanne d'Arc hat gewonnen, obwohl es am Anfang ganz und gar nicht danach aussah. Eigentlich müßte Dir das gefallen.

Und nun, lieber Gott, herzliche Glückwün-
sche zum Geburtstag. Oma Rosa, die mich gerade ins Bett gebracht hat, in das Bett von
ihrem ältesten Sohn, der war Tierarzt für Ele-
fanten im Kongo, hat mir erklärt, daß ich Dir
kein schöneres Geschenk hätte machen können, als mich mit meinen Eltern zu versöh-
nen. Obwohl ich eigentlich finde, daß das gar
kein richtiges Geschenk ist. Aber wenn Oma
Rosa, die ja eine alte Freundin von Dir ist, das
sagt...

Bis morgen, Küßchen,
Oskar

P.S.: Ich hab meinen Wunsch vergessen:
Mach, daß meine Eltern immer so bleiben wie
heute abend. Und ich auch. Das war ein tol-
les Weihnachten, besonders Mephista gegen
Jeanne d'Arc. Tut mir leid wegen Deiner
Messe, so lange habe ich nicht durchgehalten.

Lieber Gott,

ich bin über sechzig, und für die Ausschwei-
fungen von gestern abend habe ich schwer zu
büßen. Heute war ich nicht besonders fit.

Ich war froh, wieder nach Hause zurück-
zukommen, ins Krankenhaus. So ist das eben,
wenn man älter wird, man verreist nicht mehr
gern. Einer Sache bin ich mir ganz sicher, ich
habe überhaupt keine Lust mehr, auch nur
irgendwo hinzugehen.

Was ich Dir gestern in meinem Brief nicht
erzählt habe, ist, daß bei Oma Rosa auf einem
Regal bei der Treppe eine Statue von Peggy
Blue stand. Ich schwör's Dir. Genau wie sie,
aus Gips, genau das gleiche sanfte Gesicht, ihre
Kleider und ihre Haut von genau der gleichen
blauen Farbe. Oma Rosa behauptet, daß es die
Jungfrau Maria ist, Deine Mutter, wenn ich sie
richtig verstanden habe, eine Madonnenfigur,
die seit mehreren Generationen in ihrer Fami-

lie weitervererbt wird. Mit Freude hat sie sie mir geschenkt. Ich habe sie auf meinen Nachttisch gestellt. Eines Tages wird sie sowieso wieder in Oma Rosas Familie zurückkehren, ich hab sie ja adoptiert.

Peggy Blue geht's besser. Sie ist mich im Rollstuhl besuchen gekommen. In der Figur hat sie sich zwar nicht wiedererkannt, aber wir haben ein paar schöne Stunden miteinander verbracht. Wir haben zusammen den *Nußknacker* gehört, dabei Händchen gehalten und uns an die schönen Zeiten von früher erinnert.

Ich schreibe Dir heute nur kurz, weil mir der Füller ein bißchen schwer wird. Hier sind jetzt alle krank, sogar Doktor Düsseldorf, wegen der Pralinen, der Gänseleberpastete, der glasierten Maronen und des Champagners, den die Eltern dem Pflegepersonal tonnenweise geschenkt haben. Ich hätte es wirklich gern, wenn Du mich besuchen kämst.

Küßchen, bis morgen,
Oskar

Lieber Gott,

heute, zwischen siebzig und achtzig, habe ich sehr viel nachgedacht.

Dabei hat mir das Weihnachtsgeschenk von Oma Rosa geholfen. Ich weiß nicht, ob ich Dir schon davon erzählt habe? Es ist eine Pflanze aus der Wüste Sahara, die ihr ganzes Leben in nur einem Tag erlebt. Sobald ihr Samenkorn Wasser kriegt, fängt sie an zu sprießen, sie wird zu einem Stengel, sie bekommt Blätter, sie kriegt eine Blüte, sie bringt Samenkörner hervor, sie wird welk, sie verdorrt, und hopp, am Abend ist es aus und vorbei. Ein tolles Geschenk, ich danke Dir, daß Du so was erfunden hast. Wir haben ihr heute früh um sieben zusammen Wasser gegeben, Oma Rosa, meine Eltern und ich – übrigens, ich weiß nicht, ob ich es Dir schon gesagt habe, sie wohnen jetzt bei Oma Rosa, weil das nicht so weit weg ist –, und bis zum Abend konnte ich ihr bei ihrem ganzen Leben zuschauen. Das hat mich richtig gepackt. Sicher, als Blume ist sie ziemlich blaß und mickrig – sie macht nicht soviel her wie ein Affenbrotbaum, aber tapfer wie ein Mann hat sie, ohne Schwäche zu zeigen, vor unseren Augen an einem einzigen Tag ihren Job als Pflanze getan.

Peggy Blue und ich haben viel im *Medizinischen Wörterbuch* gelesen, Peggys Lieblingsbuch. Krankheiten sind ihre Leidenschaft, und sie fragt sich, welche sie später mal kriegen wird. Ich habe nach den Wörtern gesucht, die mich interessieren: »Leben«, »Tod«, »Glaube«, »Gott«. Ob Du's glaubst oder nicht: die standen nicht drin! Nun gut, das beweist wenigstens, daß es keine Krankheiten sind, weder das Leben noch der Tod, noch der Glaube, noch Du. Was eigentlich eine gute Nachricht ist. Aber trotzdem, in einem so ernsthaften Buch sollte es doch auf die allerernsthaftesten Fragen Antworten geben, oder?

»Oma Rosa, ich finde, in dem *Medizinischen Wörterbuch* stehen bloß ganz spezielle Sachen drin, Probleme, die diesem oder jenem Menschen widerfahren können. Aber die Dinge, die uns alle angehen, kommen gar nicht vor: das Leben, der Tod, der Glaube, Gott.«

»Vielleicht solltest du mal in einem *Philosophischen Wörterbuch* nachschlagen, Oskar. Aber selbst das könnte dich enttäuschen, auch wenn du dort die Ausdrücke findest, die du suchst. Für jeden Begriff stehen da mehrere, sehr unterschiedliche Antworten.«

»Wie kann das sein?«

»Die interessantesten Fragen bleiben immer Fragen. Sie bergen ein Geheimnis. Jeder Antwort muß man ein ›vielleicht‹ hinzufügen. Nur uninteressante Fragen haben eine endgültige Antwort.«

»Sie meinen also, für ›Leben‹ gibt es keine Erklärung?«

»Ich meine, für ›Leben‹ gibt es mehrere Erklärungen, also gar keine.«

»Genau das, was ich denke, Oma Rosa, es gibt gar keine Erklärung fürs Leben, man muß einfach leben.«

Doktor Düsseldorf kam bei uns vorbei. Mit der Miene eines geprügelten Hundes schaute er mich unter seinen buschigen schwarzen Augenbrauen bedeutungsvoll an. Ich habe ihn gefragt:

»Kämmen Sie sich eigentlich die Augenbrauen, Doktor Düsseldorf?«

Er sah sich überrascht um, als wolle er Oma Rosa und meine Eltern fragen, ob er wohl richtig verstanden hätte. Schließlich sagte er mit belegter Stimme: »Ja.«

»Machen Sie doch nicht so ein Gesicht, Doktor Düsseldorf. Hören Sie, ich will ganz offen mit Ihnen reden; ich war immer sehr gewissenhaft beim Schlucken meiner Pillen, und Sie waren immer sehr korrekt beim Behandeln meiner Krankheit. Hören Sie also auf, so schuldbewußt zu gucken. Es ist nicht Ihre Schuld, wenn Sie den Leuten schlechte Nachrichten überbringen müssen, Krankheiten mit lateinischen Namen, die nicht zu heilen sind. Sie müssen sich entspannen. Zur Ruhe kommen. Sie sind nicht Gottvater. Sie können nicht über die Natur bestimmen. Sie sind nur eine Art Mechaniker. Sie müssen mal loslassen, Doktor Düsseldorf, locker werden und sich selbst nicht so wichtig nehmen, sonst werden Sie diesen Beruf nicht lange ausüben können. Na, schauen Sie sich doch mal Ihr Gesicht an.«

Denn beim Zuhören hatte Doktor Düsseldorf den Mund so weit aufgesperrt, als würde er ein Ei verschlucken. Dann lächelte er, ein sanftes Lächeln, und er gab mir einen Kuß.

»Du hast recht, Oskar. Danke, daß du mich darauf aufmerksam gemacht hast.«

»Nicht der Rede wert, Doktor. Stets zu Ihren Diensten. Kommen Sie vorbei, wann immer Sie wollen.«

So, lieber Gott. Aber auf Dich, auf Deinen Besuch warte ich noch immer. Komm. Sei nicht so schüchtern. Komm, auch wenn ich im Moment jede Menge Besuch habe. Es würde mich wirklich freuen.

Bis morgen, Küßchen,
Oskar

Lieber Gott,

Peggy Blue ist weg. Sie ist wieder zu ihren
Eltern zurück. Ich bin nicht blöd, ich weiß
sehr genau, daß ich sie nie wiedersehen werde.

Ich schreibe Dir nicht, weil ich zu traurig
bin. Wir haben ein gemeinsames Leben gehabt, Peggy und ich, und jetzt liege ich allein
in meinem Bett, kahl, klapprig und müde. Es
ist nicht schön, alt zu werden.

Heute habe ich Dich nicht mehr lieb.
Oskar

Lieber Gott,

vielen Dank, daß Du gekommen bist.

Du hast den richtigen Augenblick erwischt, denn es ging mir gar nicht gut. Vielleicht warst Du ja auch eingeschnappt wegen
meinem Brief von gestern...

Heute beim Aufwachen ist mir klargeworden, daß ich nun neunzig bin, und ich
habe den Kopf zum Fenster gedreht, um den
Schnee zu sehen.

Und da habe ich geahnt, daß Du kommen
würdest. Es war früh am Morgen. Ich war ganz
allein auf der Welt. Es war so früh, daß die
Vögel noch geschlafen haben, daß sogar die
Nachtschwester, Madame Ducru, eingenickt
war –, und Du hast versucht, die Morgendäm-
merung zu fabrizieren. Es ist Dir schwergefal-
len, aber Du hast Dich ins Zeug gelegt. Der
Himmel wurde fahl. Du hast die Luft ganz
weiß gepustet, dann grau, dann blau, Du hast

die Nacht vertrieben und die Welt zum Leben
erweckt. Du hast nicht aufgegeben. Da habe
ich den Unterschied zwischen Dir und uns
verstanden: Du bist ein fleißiger Junge, der
nie müde wird! Immer bei der Arbeit. Und
da ist der Tag! Und da ist die Nacht! Und da
ist der Frühling! Und da ist der Winter! Und
da ist Peggy Blue! Und da ist Oskar! Und da
ist Oma Rosa! Was für eine Kraft!

Ich habe gespürt, daß Du da warst. Daß
Du mir Dein Gehcimnis verraten hast: Schau
jeden Tag auf diese Welt, als wäre es das erste
Mal.

Also habe ich Deinen Rat befolgt und mich
mächtig angestrengt. Zum ersten Mal. Ich
habe auf das Licht geschaut, die Farben, die
Bäume, die Vögel, die Tiere. Ich habe gespürt,
wie die Luft durch meine Nase strömt und
wie sie mich atmen läßt. Ich habe Stimmen auf
dem Korridor gehört, die wie im Gewölbe
einer Kathedrale hoch nach oben steigen. Ich
habe gespürt, wie ich lebe. Ich bebte vor reiner
Freude. Vor Glück, dazusein. Ich war über-
wältigt.

Ich danke Dir, lieber Gott, daß Du das für mich getan hast. Ich hatte das Gefühl, daß Du mich an die Hand genommen und mich mitten in das Herz des Geheimnisses geführt hast, um das Geheimnis anzuschauen. Danke.

Bis morgen, Küßchen,
Oskar

P. S.: Mein Wunsch: Kannst Du das mit dem ersten Mal auch für meine Eltern tun? Oma Rosa, glaube ich, kennt das schon. Und auch für Peggy, falls Du Zeit hast…

Lieber Gott,

heute bin ich hundert. Wie Oma Rosa. Ich schlafe viel, aber ich fühle mich wohl.

Ich habe versucht, meinen Eltern zu erklären, was das Leben für ein komisches Geschenk ist. Am Anfang überschätzt man dieses Geschenk, man glaubt, man lebt ewig. Später unterschätzt man es, man findet es kümmerlich, zu kurz, am liebsten würde man es wegschmeißen. Am Ende wird einem klar, daß es gar kein Geschenk ist, sondern nur geliehen. Also versucht man, es sich zu verdienen. Ich, der ich hundert Jahre alt bin, ich weiß, wovon ich rede. Je älter man wird, um so mehr Findigkeit muß man entwickeln, damit man das Leben zu schätzen weiß. Man muß feinfühliger werden, ein Künstler. Jeder hergelaufene Dummkopf kann das Leben mit zehn oder zwanzig genießen, aber um es mit hundert noch zu schätzen, wenn man sich nicht mehr rühren kann, muß man seinen Verstand benutzen.

Ich weiß nicht, ob ich die beiden wirklich überzeugen konnte.

Besuch sie. Bring Du die Arbeit zu Ende. Ich bin ein bißchen müde.

Bis morgen, Küßchen,
Oskar

Lieber Gott,

hundertzehn Jahre alt. Das ist 'ne Menge. Ich glaub, ich fang zu sterben an.

Oskar

Lieber Gott,

der kleine Junge ist tot.

Ich werde weiter eine rosa Dame bleiben, aber ich werde nie wieder Oma Rosa sein. Die war ich nur für Oskar.

Er ist heute morgen gestorben, während der halben Stunde, die ich mit seinen Eltern einen Kaffee trinken war. Er hat es ohne uns getan. Ich glaube, daß er diesen Moment abgewartet hat, um uns zu schonen. Als wolle er uns den Schrecken ersparen, ihn gehen zu sehen. Eigentlich ist er es gewesen, der über uns gewacht hat.

Mein Herz ist voller Trauer, mein Herz ist schwer, Oskar wohnt in ihm, und ich kann ihn nicht daraus vertreiben. Ich muß meine Tränen für mich behalten, jedenfalls bis heute abend, weil ich meinen Kummer nicht messen möchte mit dem unermeßlichen seiner Eltern.

Vielen Dank, daß Du mich Oskar hast kennenlernen lassen. Dank seiner war ich fröhlich, ich habe Märchen erfunden, ich wurde sogar zu einer Expertin im Catchen. Dank seiner habe ich gelacht und Freude empfunden. Er hat mir geholfen, an Dich zu glauben. Ich bin so voll von Liebe, daß es mich verbrennt, hat er mir doch so viel davon gegeben, daß sie mich die paar Jahre, die mir noch bleiben, erfüllen wird.

Bis bald,
Oma Rosa

P. S.: Die letzten drei Tage hatte Oskar ein Schild auf seinen Nachttisch gestellt. Ich glaube, es ist für Dich. Es stand drauf: »Nur der liebe Gott darf mich wecken.«

Eric-Emmanuel Schmitt
Monsieur Ibrahim
und die Blumen des Koran
Erzählung
Aus dem Französischen von
Annette und Paul Bäcker

Band 16117

»Das ist ein unendlich zartes, schönes, liebevolles Buch.«
Elke Heidenreich

Manchmal klaut Moses, der in Paris lebt, Konserven im La-
den von Monsieur Ibrahim und glaubt, dass dieser noch
nichts gemerkt hat. Doch der hat den jüdischen Jungen
schon längst durchschaut. Denn Monsieur Ibrahim, der für
alle nur »der Araber an der Ecke« ist, sieht mehr als andere.
Er ist ein verschmitzter Weiser, der viele Geheimnisse kennt,
auch die des Glücks und des Lächelns.

»Lustig und traurig, poetisch und
verschmitzt – eine Geschichte, die man am liebsten
in der ganzen Welt verteilen würde.«
Hamburger Abendblatt

»Die Erzählung gehört zu den wenigen Büchern,
die glücklich machen.«
Brigitte

»Ein philosophischer Leckerbissen.«
Le Matin

Fischer Taschenbuch Verlag

fi 16117 / 1

Eric-Emmanuel Schmitt
Das Kind von Noah
Erzählung
Aus dem Französischen
von Inés Koebel

Band 16959

Joseph, das jüdische Kind, ist der direkte literarische Nach-
fahre von Momo und Oskar. Joseph ist erst sieben Jahre alt,
als er untertauchen muss. Im besetzten Belgien überlebt er
mit gefälschten Papieren in der »Gelben Villa« von Pater
Bims. Seine Eltern sind ohne ihn geflohen und niemand
weiß, ob Joseph sie je wiedersehen wird. Von Pater Bims er-
fährt er, dass er ein Kind von Noah ist, ein jüdischer Junge,
der dazu beitragen soll, das sein Glaube trotz aller Bedro-
hung in der Welt lebendig bleibt.

»Schmitt zeichnet mit große Zartheit Figuren,
die auch in Zeiten von Gefahr und Demütigung
ihre Würde und ihren Humor nicht verlieren
und sich stets auf ihre Menschlichkeit besinnen.«
Hamburger Abendblatt

Fischer Taschenbuch Verlag

Eric-Emmanuel Schmitt
Die Schule der Egoisten
Roman
Aus dem Französischen
von Inés Koebel

Band 16960

Ein philosophischer Krimi, der uns mit einem Augenzwinkern bis an die Grenzen des gesunden Menschenverstandes führt.

In der Pariser Bibliothèque Nationale entdeckt ein Philosophiestudent einen vergessenen Exzentriker, der im 18. Jahrhundert die Salons eroberte. Womit? Mit philosophischer Unverschämtheit und der Behauptung: »Alles, was ich sehe, höre und anfasse, existiert nur in meiner Vorstellung.« Wer war dieser Languenhaert? Ein selbstverliebter Narr oder ein großer Philosoph? Was als virtuose Recherche beginnt, endet als turbulente Zeitreise. Geistreich und mit Humor zeigt E.-E. Schmitt wohin der Egoismus führt: in die Abgründe des Selbst.

»Eric-Emmanuel Schmitt –
einer der brillantesten Schriftsteller
der jüngeren Generation.«
Jean François Fournel

Fischer Taschenbuch Verlag

Guy de Maupassant
Stark wie der Tod
Roman
Aus dem Französischen von Caroline Vollmann
Band 16156

Ein Meisterwerk in neuer Übersetzung, empfohlen und ge-
lobt vom Literarischen Quartett.

Der erfolgreiche Pariser Salonmaler Olivier Bertin lebt schon
zehn Jahre in glücklicher Beziehung mit der verheirateten
Gräfin de Guilleroy. Da bricht das Verhängnis in Gestalt der
18jährigen Annette, der Tochter von Madame, herein, die
ihrer schönen Mutter so sehr ähnelt.

Eine elegische Liebesgeschichte und ein ergreifender Roman
über die Vergänglichkeit von Schönheit, Jugend und Begeh-
ren.

» Man liest diese schöne und traurige Geschichte,
als sei sie gerade erst geschehen.«
Frankfurter Allgemeine Zeitung

Fischer Taschenbuch Verlag

Emile Zola
Das Paradies der Damen
Roman
Aus dem Französischen von Hilda Westphal
Band 16155

Der erste Kaufhausroman der Weltliteratur und eine zarte
Liebesgeschichte.

Einzigartiger Schauplatz dieses verführerischen Romans ist
die elegante und schillernde Welt eines Pariser Kaufhauses
aus dem 19. Jahrhundert. Tout Paris oder zumindest die Damen der Gesellschaft erliegen dem verlockenden Angebot
einer rauschhaften Konsumwelt. Und während die kleinen
Händler im Viertel das Nachsehen haben, hält Direktor
Octave Mouret, Frauenkenner und skrupelloser Geschäfts-
mann, die Fäden des Erfolgs fest in seiner Hand.

Für die junge Denise Baudau aber geht ein Traum in Er-
füllung, als sie im »Paradies der Damen« eine Anstellung
findet. Und hier begegnet ihr das ganz große Glück.

Fischer Taschenbuch Verlag

Eric-Emmanuel Schmitt

Milarepa

Erzählung
Aus dem Französischen von Inés Koebel
2006. 112 Seiten. Leinen mit Lesebändchen
ISBN 978-3-250-60099-2
MERIDIANE 99

Und ich hatte endlich begriffen, daß ich bis dahin kein Mensch war, nur ein Zweibeiner, schwach behaart und des Sprechens mächtig; das Menschsein, so hatte ich verstanden, liegt am Ende des Weges, nicht am Anfang.«

Ebenso elegant wie tiefsinnig berichtet uns Eric-Emmanuel Schmitt von der Legende des tibetischen Mönchs Milarepa, der sich vom Rächer zum Erleuchteten wandelt. In dieser Erzählung, die den Abschluß der erfolgreichen Tetralogie über die Weltreligionen bildet, berührt Schmitt mit unerschrockener Eindringlichkeit die ersten und die letzten Fragen unserer Existenz. Ein kleines Buch über die große Geste der Versöhnung.

»Ein Text, der uns mitnimmt zu den Gipfeln des Himalaja, zu den Gipfeln des menschlichen Denkens und zur Frage, wie man seinen Weg in der Welt finden kann.« *Radio-France*

Ammann Verlag